庫

潜入 味見方同心㈣

謎の伊賀忍者料理

風野真知雄

講談社

目次

主な登場人物

月浦《つきうら》魚之進《うおのしん》　頼りないが、気の優しい性格。将来が期待されながら何者かに殺された兄・波之進《なみのしん》の跡を継ぎ、味見方同心となる。

お静《しず》　豆問屋の娘。夫・波之進を亡くした後も月浦家に住む。素朴な家庭料理が得意。

本田《ほんだ》伝八《でんぱち》　魚之進と同じ八丁堀育ちの養生所詰め同心。学問所や剣術道場にもいっしょに通った親友。二人とも女にもてない。

赤塚《あかつか》専十郎《せんじゅうろう》　南町奉行所定町回り同心。魚之進の先輩。

市川《いちかわ》一角《いっかく》　南町奉行所定町回り同心。五十過ぎの長老格。

十貫寺《じっかんじ》隼人《はやと》　南町奉行所吟味方同心。亡き波之進の好敵手と言われた。

安西《あんざい》佐々右衛門《さざえもん》　南町奉行所市中見回り方与力。

筒井《つつい》和泉守《いずみのかみ》　南町奉行。波之進の跡継ぎとして魚之進を味見方に任命。

麻次《あさじ》　四谷辺りが縄張りの岡っ引き。猫好き。

中野《なかの》石翁《せきおう》　大名が挨拶に行くほどの隠の実力者。将軍家斉の信も篤い旗本。

北大路《きたおおじ》魯明庵《ろめいあん》　売り出し中の美味品評家。正体は尾張公と血縁の徳川元春。

潜入　味見方同心㈣

謎の伊賀忍者料理

第一話　乳茶

一

南町《みなみまち》奉行所の味見方同心である月浦魚之進《つきうらうおのしん》は、相棒のにゃんこの麻次《あさじ》とともに神田界隈《かんだかいわい》の食い物屋を見回りながら、

「大奥に行くようになったら、江戸の町を回るのが、こんなに楽しいものなのかと思えるようになったよ」

と、言った。

昨日も、大奥に半刻《はんとき》（一時間）ほど顔を出しただけで、馬の代わりに働かされた犬のように疲れた。

魚之進の忠告がずいぶん実行されて、大奥の警戒はだいぶ厳重になったと思う。あの警戒を突破するのは、徳川家《とくがわけ》の忍者でさえ、かんたんではないだろう。だが、御膳奉行の松武欽四郎《まつたけきんしろう》殺害の下手人はまだ捕まっておらず、まだまだ安心には程遠いのだが。

「ほんとですね。あっしもあそこは息が詰まります」

麻次も苦笑して言った。

「外から行く者だけじゃない。なかの者だって、似たような気持ちなのだ」

「八重乃《やえの》さまを見ていると、そうかもしれませんね」

八重乃というのは、大奥の女中で、台所の責任者のようになっている。

「だろう」

大奥に入るだけあって、凄《すご》い美人なのである。それなのに、いつ見ても、八重乃は冴《さ》えない、疲れたような表情をしている。

あんな立派なところに住み、絢爛《けんらん》たる部屋で、まばゆいような着物を着て、しかも巷《ちまた》の人間からしたらたいそうなごちそうを一日三度食べながら、毎日、疲れるというのも不思議な話ではないか。いちばん楽な暮らしのはずなのだ。

「でも、旦那が八重乃さまにおみやげを渡したときの顔」

「うん。喜んでくれたよな」

紀伊国橋《きのくにばし》のたもとの店で売っている紫饅頭《むらさきまんじゆう》が食べたいというので、昨日、買っていったのである。そこの白猫が生きているかどうかも確かめると約束していたので、店の者に訊《たず》ねると、もう十年も前にいなくなったということだった。死んだというのは伝えにくいが、十年も前にいなくなったというのはサラッと伝えることができ、八重乃も、「あら、そう」と格別残念そうでもなかった。

「いやあ、喜んだどころじゃない。あれは旦那に惚《ほ》れてしまったという顔でしたよ」

麻次は真面目な顔で言った。

「馬鹿言うな。おいらはそんなつもりはないぞ」

魚之進はムキになって否定したが、しかし八重乃がやけに熱いまなざしを向けてきたのは、薄々感じたのである。だからといって、大奥の女中と恋仲になれるなどとは、露ほども思わない。

「そうなので」

「それに、裃 姿《かみしもすがた》も疲れるしな」

まるで大奥に養子に入るみたいなことを言った。

「あっしも、こう、尻をはしょられないってのは駄目ですね」

「そりゃあ、あんたらしい。でも、おいらは、着流しに黒羽織《くろばおり》の町方同心の恰好《かっこう》のときも、ちっと緊張するけどな」

味見方の町回りは、町方のおなじみの同心姿ではない。気軽に食い物屋などに入れるよう、目立たない着物に、よれよれの袴《はかま》をはいている。

麻次と二人で飯屋に入ったりすると、どう思われているのだろう。口入屋《くちいれや》と、仕事を紹介してもらった浪人者といった感じだろうか。

「でも、いまのところ、上さまがお出かけにならないから、まだいいんだぜ。危ないのは、外へ出たときではないかな」

と、魚之進は言った。

「ははあ」

「お奉行の話では、中野《なかの》さまはさりげなくお止めしているが、どうも出かけたくてうずうずしているらしいぜ」

「まずいですね」

「まずいよ」

「そのときは旦那も駆り出されますよね」

「当然だろう。つまり、あんたもな」

「うへっ」

麻次の焦りっぷりに、魚之進は声を上げて笑い、

「そろそろ茶でも飲んで一休みするか」

と、歩みを止めた。

今日はひどく暑い。喉《のど》が渇いてきた。

「いいですね」

魚之進は、あたりを見回した。

ここは、日本橋北《にほんばしきた》。

道のわきを浜町堀《はまちょうぼり》につづく川が流れていて、水音は涼しげである。

その川べりに水茶屋があった。

「あそこにしよう」

いい感じの水茶屋である。あたりはごちゃごちゃしたところだが、柳と桜の木に挟まれているので、ここだけちょっとした中庭みたいな風情になっている。絶景というのではない、町のなにげない佇《たたず》まいが好きなのと、以前、お静《しず》が言っていたが、そのお静も気に入りそうな佇まいである。

やかんをかけた火元のところに、歳《とし》の違う二人の女がいる。一人はむっちりした四十くらいの女、もう一人はまだ二十歳《はたち》前らしい、ほっそりした若い娘である。母親と娘にしては、まるで似ていない。

「いらっしゃい」

年上の女が声をかけてきた。低く、かすれた声であるが、男と違って、やはり艶《つや》がある。

「いい声だね」

麻次がからかった。

「そうでしょ。酒と煙草《たばこ》で磨かないと、こういう声にはならないのよ」

にやっと笑って言った。

「やっぱり」

「お金かかってんだから。そこらのキンキン声より、ずっと味があるでしょ」

「言われてみれば、たしかにそうだ」

「そのうち、耳元でずっと聞いていたくなるわよ」

「へっへっへ。そいつはどうかな」

「どこに座る？」

女は訊《き》いた。

縁台は六つ。いちばん涼しそうな川に近い縁台は、二人連れの女の客でふさがっている。ちょうどよしずの裏になる席があり、魚之進はそこがいいと、腰をかけた。

年上の女は湯釜のほうに引き返すと、

「おしま、煙草盆」

と、若い娘に声をかけた。

「あいよ」

おしまと呼ばれた娘は、煙草盆を持って、魚之進たちの席にやって来た。

「おっかさんかい？」

麻次が訊いた。

「ええ、母親です」

「似てないね」

「そうですね。あたしはおとっつぁん似なので」

声も母親とはまるで似ていない。軽く弾むような声音である。

「おとっつぁんに似てよかったな」

麻次が失礼なことを言うと、

「なんだって！」

向こうから母親が、ドスの利いた声を上げ、睨《にら》んだ。

「おお、こわっ」

「ふふっ。すみませんね」

と、おしまは微笑《ほほえ》み、

「ふつうのお茶ですか？」

と、訊いた。変な訊き方である。

「なにかお勧めでもあるのかい？」

魚之進は訊き返した。

「あれがうちの名物なんです」

おしまは、よしずに縛りつけてある札を指差した。

〈乳茶〉

と、書いてある。

「にゅうちゃかい？　ちちちゃかい？」

「ちちちゃです。牛の乳を入れたお茶でして、コクがあっておいしいですよ」

「ほう」

「滋養もつくんですよ」

「滋養もか。いくらするんだい？」

「三十文《もん》です」

「ふうん」

ふつう水茶屋で茶を頼むと、せいぜい八文ほどである。もっとも、そこの看板娘に気があったりすると、ぽんと百文ほどはずむ客もいたりする。それで喜ぶ看板娘もいれば、「そんなことしたって無駄よ」と言う身持ちの堅い看板娘もいる。

二人分で六十文。味見方としては、その程度の経費であれば、上司に叱《しか》られたりはしない。

「じゃあ、二つ、頼もうか」

さほど待たずに、その乳茶が二つ、お盆に載って出てきた。

「きれいな色だな」

魚之進は眼《め》を瞠《みは》った。濃い緑茶に白い牛の乳が混ざって、きれいな薄緑色になっている。

ゆっくりすると、確かにコクがあって、だが、爽やかな味わいも感じられる。

「へえ」

初めての味である。初恋の味。しかも、願いがかなった初恋。

麻次を見ると、なんとも微妙な顔をしている。麻次には、初恋なんてなかったのかもしれない。

「どうです？」

と、おしまが真剣な顔で訊いた。

「うん。うまいよ。おいらは気に入ったけど……」

麻次のほうは顔をしかめ、

「なんか、生臭い感じがあるよな」

「そうですか」

「白いものはちょっとな。おいらは甘酒も駄目でな」

嫌いな理由を、色にこじつけた。

「ま、人の好みはいろいろってことで」

と、おしまは湯釜があるところにもどった。

「そうか。麻次はこれが駄目なんだ」

魚之進は気に入った。おかわりをしたいくらいである。

「もう、二度と飲みたくはないですね。それよりも、あのおしまって娘はいいですね」

「あの娘が……」

食い物より娘に気が行くというのは、麻次には珍しいのではないか。魚之進は、露骨にならないように、娘をじっと見た。

よく見れば、整った顔立ちである。だが、どこか癖がある。なんとなく寂しげで、水茶屋の看板娘につきものの、愛想の良さは窺《うかが》えない。いまも、悩みでもあるのか、ぼんやり遠くを見つめている。あたしはここにいるべきではない、という思いでもあるのではないか。

「なんて言うか、猫っぽいでしょ」

麻次は言った。にゃんこの麻次と言われるくらいの猫好きで、家で何匹も飼っている。

「そうなのか」

猫を飼ったことのない魚之進には、まったくわからない。

二

いつもより早めに、南町奉行所にもどった。

五右衛門《ごえもん》鍋の顚末《てんまつ》について、まだ筒井和泉守《つついいずみのかみ》と相談していない。深川《ふかがわ》にある尾張《おわり》藩《はん》の抱え屋敷《やしき》で、名の知れた泥棒たちが集まり五右衛門鍋を食している。素晴らしくうまい鍋らしい。ところが、そこから次々に中毒死する者が続出しているのだ。

その鍋をつくっているのが、美味品評家として知られる北大路魯明庵《きたおおじろめいあん》。この男の正体は、なんと尾張公と血縁の徳川元春《もとはる》というのだった。

だが、奉行の筒井は、評定所《ひょうじょうしょ》の会議が長引き、まだもどっていないという。しばらく帰るのを待つことにして、麻次を家に帰し、もう五日分ほど溜《た》まっている日誌を書こうとしたとき、

「よう、月浦」

親友の本田伝八《ほんだでんぱち》が顔を出した。

「え、どうしたんだ?」

「どうしたんだはないだろう。おれだって、ここの同心だぞ」

「それはそうだけど」

本田は小石川養生所《こいしかわようじょうしょ》詰めで、ふだん、ここにはほとんど出て来ない。

「お前に相談があってな」

「なんかやらかしたのか?」

「そういう言い方はないだろう。ちょっと、外へ出よう」

と、奉行所から出て、数寄屋橋《すきやばし》のたもとにある甘味屋《かんみや》に入った。

本田はお汁粉《しるこ》を、魚之進は豆かんを頼むとすぐ、

「どうだ、その後、進展は?」

本田が訊いた。

「進展？」

「お静さんだよ」

「なにもあるわけないだろうが」

亡くなった兄の嫁だったお静が、実家に不穏な気配があったため、また月浦家に来ることになった。それでなにかが大きく変わるのかと思ったが、なにも変わらない。外では次々にいろんな事件があるが、家のなかだけはなにも起こらない。淡々と、少し胸苦しいような日常がつづいている。

「だろうな」

本田の偉そうな言い方に、魚之進はいささかムッとして、

「なにがだろうなだよ」

と、言った。

だが、魚之進が少しくらい怒っても、本田はなにも気にしない。もっとも、魚之進もそうである。お互いの気持ちを忖度《そんたく》せずに済むのが、親友なのかもしれない。

「それより、おのぶちゃんとは会ったか？」

本田は訊いた。

「いや。たぶん避けられてるんだろうな」

　この前、本田と三人で東両国《ひがしりょうごく》のももんじやに行き、牛の尻尾《しっぽ》を肴《さかな》に、大いに酔っ払った。そのとき、本田が「魚之進はお静さんよりおのぶさんのほうがお似合いだ」などと余計なことを言い、おのぶに魚之進の気持ちを知られてしまったのだ。おのぶは衝撃だったらしく、兄嫁にそんな思いを抱くなんて、「不倫の影が差している」などと言っていた。

　――あれで、おいらを軽蔑《けいべつ》したかも。

　魚之進はそんな気がしている。おのぶは近ごろ、お静のところにも顔を出していないらしい。

「おれは会いたいな」

　と、本田は言った。

「お前がおのぶさんと？」

「ああ」

「会えばいいだろうが」

「そうはいかないさ」

「なんで？」

「お前と三角の間柄になる。それは友情を破壊するぞ」

「…………」

また本田の早合点《はやがてん》が始まったらしい。

「それに、おいらは好みの女に出会ってしまったしな」

「好みの……お前に好みなんかあったっけ？」

ちょっと可愛《かわい》らしければ、誰でもいいのではないか。

「失礼なことを言うな」

「どこで知り合ったんだ？」

「水茶屋で働いてるんだよ」

「ああ、そっちか」

だとしたら、敵が多い。本田が射落とすのは難しいだろう。

「でも、笠森《かさもり》おせんみたいに、浮世絵になって凄い人気だとかいうんじゃないぞ。場所も目立たないところだし、子持ちだし」

「子持ち？　そりゃあ、また、思い切った相手を見つけたな」

「あのな、水茶屋と言ってもふつうの水茶屋じゃないぞ。乳が入ったお茶を出す水茶屋なんだ」

「え」

まさか、今日行ったあの店の、あの娘なのか。

あるいは、いま、江戸の水茶屋では、乳茶が流行《はや》っているのか。

「乳と言っても、牛の乳なんかじゃないぞ。その娘が出すお乳なんだ」

「なんだ、それ？」

だったら、あの店とは違う。牛の乳だと言っていた。

「おしまちゃんという名前なんだけどな」

「おしまちゃん……」

やっぱりあの店だった。

「おしまちゃんは若くして嫁になり、子どもを産んだけど、亭主はすぐに亡くなってしまった。それで貧しくて育てられないので、母親とも相談し、仕方なく始めたんだ。赤ん坊の世話をしながらやれることだからな」

「客の前でやるのか？」

江戸の町では、子育て中の女は、平気で赤ん坊にお乳を含ませる。それはいやらしくもなんともない。むしろ、微笑ましく、美しい光景でもある。だが、お茶に乳を入れるとなると、話は違ってくる。

「おおっぴらにはやらないさ。店の隅によしずに囲まれた一画があって、そこに入ってやるんだ」

「ははあ」

たしかに、あの店の一画には、そんなのがあった気がする。

「そこは薄暗くなっててな。そこで、こうやって」

と、本田は胸元から乳房を出し、しぼるようなしぐさをしてみせた。

「お前がやるな」

魚之進は顔をしかめて言った。少し吐き気もした。

「これがいやらしくないんだ。神々《こうごう》しいくらいだった。おいらはそれを見て、恋に落ちたんだよ」

「その店は、汐見橋《しおみばし》からちょっとこっちに来たところの店だろう？」

「そうそう」

「母親と娘でやってる店だ」

「なんだ。知ってたのか？」

「今日、たまたま通りかかって、入ったんだ。乳茶も勧められたけど、そんな変なものじゃない。牛の乳が入れてあって、きれいでうまかったぞ」

「ああ。おれも、最初は牛の乳で通い始めたんだ。おしまちゃんも好みだったし。それで、四回目かな。じつは……と言ってきたのさ」

「それは、人を見てたんだな」

と、魚之進は皮肉っぽい調子で言った。

「人を？」

「引っかかるかどうかを」

「おれは、引っかかりそうなやつだったのか？」

「だろう」

「だが、人助けをしませんか？　と言ってきたんだぜ」

「人助け？」

「だから、赤ん坊を育てるため、仕方なくやってるんだ。気持ちのやさしそうな男だと思ったから、声をかけてきたんだろうが」

「…………」

魚之進は軽く笑った。そんなわけがない。それは色気で釣るための、単なる言い訳に過ぎない。

いままでも、色気で釣る商売はあった。

ちくび飴《あめ》。歯型豆腐。そしてこの乳茶ときた。よくもくだらない商売を、次々に考えるものである。

そして、またも本田が引っかかった。

「そりゃあ、おれにも助平心《すけべいごころ》があるのは認めるよ。だが、それだけじゃない。なんていうのかなあ、いやらしい気持ちとは正反対の、感動的な気持ちも味わってるんだ」

「ふうん」

「おれは、たぶんお前のことだから、あそこに目をつけるだろうと思った。味見方としたら、世を惑わす不届きな商売ってことで、営業停止にしてしまうだろう。だから、なんとか黙認してくれと頼もうと思ったわけだ」

「それで呼び出したのか」

「な、頼む。おしまちゃんの赤ん坊のためでもある。見逃してやってくれ」

と、本田は魚之進に向かって、手を合わせて懇願したのだった。

三

翌朝――。

南町奉行所前にある岡っ引きたちの溜《た》まり場《ば》に、麻次がやって来たのを見つけると、魚之進はすぐにそばに行って、

「昨日のあの水茶屋だけどな……」

と、本田伝八から聞いた話を語った。麻次もそんなことは思ってもみなかったらしく、

「え、あのおしまちゃんがそんなことをしてたんですか」

と、目を丸くした。

「本田がじっさい見たんだから、間違いないよ。おしまちゃんと名前も言ってたし」

「へえ」

「意外だろ？」

「でも、まあ、亭主が死んで、若い娘が赤ん坊を育てていくんだったら、乳を見せるくらいはしょうがないでしょうね」

「でも、町方の味見方としてはなあ……」

魚之進はしかめ面《つら》になった。

「駄目ですか？」

「本田からは黙認してくれと頼まれたんだよ」

「乳を入れるだけですよね？　その先の、春をひさいだりってことまではやってないですよね？」

「うん。本田もその先は言ってなかったけど、でも、わからないよな」

「なるほど。本田さまも、まだ入り口あたりかもしれませんしね」

「入り口？」

「次は、じかに口を当てて吸うとか」

「そ、そりゃあ駄目だろうよ」

魚之進は慌てて言った。

「町方としては駄目でしょうが、喜ぶ客は多いでしょう」

「ううむ。もう少し探ってみるか」

魚之進は、麻次とともに、今日も日本橋北の汐見橋近くにある水茶屋へと向かった。

「あら」

水茶屋の女将《おかみ》は、魚之進と麻次を見ると、嬉《うれ》しそうに笑った。煮すぎてアクが出てきたような、油っぽい笑顔である。人生のあれやこれやがこびりついた笑顔なのだろう。

「昨日も来たわよね」

「うん、まあ」

と、魚之進はうなずいた。

「おしまは、ちょっと遅れててね。家事をしてから来るので遅れるのよ」

当然、そっち目当てだと推察したらしい。

「うん。それはいいんだ」

魚之進と麻次は、今日は川に近いほうの縁台に座った。

まだ日差しはそれほど強くなく、風も涼しい。客はほかにはまだ誰もいない。もともとたいして流行っている店ではないのだ。

川沿いには水茶屋が何軒も並んでいて、それぞれに看板娘がいる。おしまちゃんは、いわゆる看板娘としては、ちょっと癖があるかもしれない。

「若さまは、なんになさる？」

女将が訊いてきた。

「そう。推察したところ、お旗本《はたもと》の若さまと、下働きのおとっつぁん」

「若さま？　おいらが？」

「あはっ」

魚之進は苦笑して、麻次を見た。

麻次も別に怒ってはいない。

昨日も同心姿ではなかったから、町方の人間とは思われていないはずだが、旗本の若さまというのは、もちろんお世辞だろう。この手の連中は、犬を連れていても、「立派なお馬さんですこと」くらいは平気で言う。

「おいらは、乳茶をもらうよ」

「あっしは、乳はいらないよ」

注文を言うと、まもなく女将はお盆に茶碗《ちゃわん》を二つ載せて、持って来た。

今日も、乳が混ざった茶は、きれいな色をしている。夏もいいが、五月ごろに飲みたい。初夏の風を飲みものにしたみたいではないか。いい句が浮かびそうである。

その色を楽しみながら口をつけるが、女将はわきに立ったまま、

「若さま。乳茶、お好きなのね」

「ああ。気に入ったね」

「じつは変わったお茶があるの」

少し声を落とした。

明らかに、麻次ではなく、魚之進に言っている。

「変わったお茶？」

「そちらのおとっつぁんは駄目かもしれないけど、若さまは気に入ると思うわよ」

「おいらが？」

「人助けにもなるの」

「…………」

本田が勧められたように、自分も勧められたのだ。本田は四度目と言っていたが、自分はまだ二度目である。本田より、引っかかりやすいと思われたのか。あの本田よりも女に飢えていると……。

魚之進は、心の臓がドキドキし始めたのを感じながら、

「どういうんだい？」

しらばくれて訊いた。

「いまはちょっと都合が悪いけど、午後にまたいらしてみて。おしまがいないと駄

目なの」

「おしまちゃんが？　ふうん。なんでかなあ」

とぼけているが、どうしても声が裏返ってしまう。

「やさしそうな方にだけ、お願いしてるの。だから、ね」

女将は魚之進のわき腹を突っついた。こんなふうにされたら、ただの人助けではないと、誰だって察するだろう。

「じゃあ、あとでまた来てみるよ」

乳茶を飲み終えて、麻次とともに席を立ち、両国橋のほうへと足を向けた。

歩き出すとすぐ、

「早いなあ。もう、声をかけられたのかよ」

と、魚之進は言った。

「旦那のほうですぜ、声をかけられたのは。あっしじゃありませんぜ」

「それって」

「やはり、引っかかりやすいと思われたんでしょう」

麻次はニヤニヤ笑いながら言った。

「どうしよう？」

「ここは乗るしかないでしょう」

「ううむ」

やはり、そういうのは怖い。

「大丈夫ですよ。あっしも付き合いますから」

「そりゃあ、おいら一人だけというのは無理だよ」

二人は、薬研堀《やげんぼり》のわきから、両国広小路《ひろこうじ》に出て来た。

ここはいつも混んでいる。暑いから人込みは嫌がられてもよさそうだが、江戸屈指の歓楽街には暑いも寒いもないらしい。

食いもの屋も多いが、まだ昼飯には早い。どうしようかとぶらぶらすると、

「あ、これは」

麻次が小屋に掛かった垂れ幕を指差した。

〈仰天手妻師《ぎょうてんてづまし》天竜《てんりゅう》斎松影《さいしょうえい》〉とある。

「これがどうかしたのかい？」

「あっしの幼なじみでしてね。子どものころから、指先が器用で、こいつは将来、スリになるんじゃねえかと、周囲が心配したんですが、手妻師になってたいした人気者になりました。しばらく上方《かみがた》を回ると言ってたんですが、そうか、帰って来た

んだ」

「じゃあ、入ろうよ」

二人分の木戸銭《きどせん》を払ってなかに入った。

狭い小屋で、すでに満員である。よしずがけだが、暑いので、風が通るようにめくられてある。なかも暗くはない。

舞台というほどではないが、ちょっとした台がつくられていて、そこへ天竜斎松影が現《あら》われた。

「では、まず、ちょっとした手妻から」

と言って、懐《ふところ》から餅《もち》を取り出した。拳《こぶし》くらいの大きさで、ぴたぴた叩《たた》くと搗《つ》きたてで柔らかそうだというのもわかる。

「うまそうな餅でしょ。うまいんですよ」

そう言うと、この餅をいきなり飲み込んだ。

あんな大きな餅を飲み込んだら、いくらなんでも息が詰まるだろうと、客は心配して見守った。

「うぐっ」

松影は苦しそうに顔をゆがめた。それから、餅を吐き出すようにした。すると、拳大だった餅が、半分ほどの二つの丸い餅になっていた。

「え？」

口のなかで二つになったのか？

すぐに松影は、これを両手で振るようにした。

すると、四つになった。

「あれえ？」

客たちが驚きの声を上げる。

今度は四つの餅を一つにまとめ、またも飲み込んでしまった。

平気な顔をしている。

「凄いでしょ」

と、麻次が小声で言った。

「ああ。どうなってるんだ？」

すぐ近くで見ていたのに、どうやっているのか、さっぱりわからない。

つづいて、裏のほうからウサギを出してきた。生きている白いウサギである。

これをカゴのなかに入れ、上から白い布をかぶせた。

なかでぴくぴくウサギが動いているのがわかる。

それからしばらく、松影は上方に行っていた話などをしたあと、

「えいっ」

と、布を引っ張り上げたのだが、なんとウサギは消えて、なかには搗きたての餅が入っているではないか。

「さあ、上方みやげのウサギ餅だ。食っておくれ」

小さく千切《ちぎ》って客に配る。魚之進ももらって口に入れると、柔らかいうまい餅だった。

「たいしたもんだな」

「でしょう」

と、麻次も自慢げである。

それから、さらにいくつかの手妻を見せ、閉演となった。

帰りがけに松影が、

「なんだ。麻次、来てくれてたのか」

と、嬉しそうに声をかけてきた。

またも、汐見橋近くの水茶屋にやって来た。おしまももどっていて、魚之進たち

を見ると、女将がおしまを突っつくようにした。

魚之進は、俄然《がぜん》、緊張してきた。

ほかに客はいるが、ふつうに茶を飲み、雑談している。

女将がおしまといっしょにやって来て、

「さっきの話なんだけどね」

と、毒気を感じるいがらっぽい声で言った。

「あ、ああ。人助けの？」

「そうなの。若さま、乳茶がお好きでしょ」

「ああ」

「もっとおいしい飲み方があるの」

「おいしい飲み方？」

「おしまがお乳を出して、それをじかに茶碗に入れるの」

「…………」

隣でおしまが恥ずかしそうにうつむくのがわかった。魚之進も、おしまと目を合わせられない。

「それを飲むんだけど、もちろん滋養は牛の乳なんかとは比べものにならないわよ。ちょっとお代は高くて、百文いただくんだけど」

「そ、そ、そうなのかあ」

「お願いしますよ。おしまは子どもを産んだけど、亭主がすぐに亡くなってしまって、これからお金がかかるのに、手に職があるわけでもないし」

魚之進がなにも言わずにいると、

「じゃあ、あっしが、飲んでやるよ」

と、麻次がわきから言った。

「おとっつぁんは駄目。目つきがいやらしい男には、この子が見せたくないって」

「なんだよ」

麻次はムッとした顔をした。

「そ、そういうことなら」

魚之進はようやくうなずいた。本田も見たのである。自分もそれくらいはやれなかったら、男とは言えないだろう。味見方同心は失格だろう。

「じゃあ、向こうに入って」

女将は、魚之進の背中を押した。

湯釜がある向こうの一画が、さらによしずで囲われてある。先におしまが入り、魚之進があとからつづいた。

すでに心ノ臓はバクバクいっている。

――落ち着け。吉原《よしわら》に来たわけじゃないんだ。

と、言い聞かせる。

よしずのなかは、思ったより暗い。

「じゃあ」

と、おしまは着物をゆるめ、胸元からお乳を見せた。

それほど大きくはないが、ふっくらと盛り上がった二つの乳房。さっき見た手妻の餅より柔らかそうで、しっとりと艶もある。先っぽの乳首も、つぶらで可愛らしい。

――きれいだ。

思わず、唾《つば》を飲み込む。

ごくっ。

と、やけに大きな音がした。

「お乳を出すところは恥ずかしいので」

と、おしまは横を向き、お乳を搾《しぼ》るようにした。

「どうぞ」

緑色の濃い茶に、白い乳がまだ溶けきれずに混じっている。

「の、飲んでいいのか？」

「はい」

魚之進は茶碗に口をつけ、淹《い》れたての乳茶を飲んだ。頭がくらくらし、味もなにもわからない。

飲み終えてから、隅にカゴが置いてあり、そのなかに赤ん坊がいるのに気づいた。すやすやとよく眠っている。

「この子のためなの」

おしまが愛《いと》おしそうに言った。

「寝ているね」

「ええ。可愛いんです。ほら、寝顔。若さまも見て」

「うん。可愛いな」

魚之進も、本田同様、すっかり情にほだされたらしい。

ただし、惚れてはいない。

四

魚之進は、奉行所の帰りに本田伝八の役宅に立ち寄った。

同じ八丁堀《はっちょうぼり》と言っても、魚之進の役宅は北東の霊岸橋《れいがんばし》に近いあたりだが、本田の役宅は南西の岡崎町《おかざきちょう》にある。南町奉行所からだと、ちょうど帰り道になる。

本田は小石川養生所詰めで、帰りはどこかにふらふら立ち寄ることも多いが、今日は非番だったので、ずっと家にいたらしい。

もっとも本田は女ばかりの母屋《おもや》には居にくいらしく、庭に料理用の小屋をつくっていて、ほとんどそっちに籠もっている。最初は四畳半くらいの土間だけの掘っ立て小屋だったのが、近ごろ、畳三畳分ほど広げて、そこで朝まで寝たりもするらしい。

役宅の門をくぐり、母屋には顔を出さずに小屋のほうに行き、

「いるか？」

と、声をかけた。

「ああ。月浦か」

戸を開けると、ぷぅーんと甘い匂いが鼻に来た。

「なんだ、これは？　お汁粉でも煮たのか？」

「違う。ここんとこ、菓子造りに凝《こ》ってるんだ」

「菓子かよ」

一時は、そば打ちに熱中した。それに飽きたと思ったら、あんこう鍋に夢中になった。だが、あんこうは季節ものだから長つづきはしないだろうと思っていたが、案の定である。しかし、菓子とは意外だった。

「なんでまた菓子なんだ？」

そんなに甘党ではなかったはずである。

「娘っ子はたいがい甘いものが好きだろうが」

「それか」

「それだけじゃないぞ。甘い、名物になるようなものがあれば、水茶屋も流行るだろう。そしたら、おしまちゃんも、あんなことをせずに済むだろうが」

「え？」

「ま、人助けさ」

「そしたら、お前だって見たいものが見られなくなるぞ」

「馬鹿だなあ。それは違うぞ。おいらだけには見せてくれるけど、はした金で客に見せるなんてことは、しなくて済むようになるのだ」

本田は目を輝かせて言った。

「………」

「おしまちゃんだって、好きでやってるんじゃない。恥ずかしそうにするんだ。仕方なくやってるに違いないんだ。おいらみたいに、人助けの気持ちだけで見るやつばかりじゃない。スケベ心剝《む》き出《だ》しで見つめるやつもいるに決まってる」

「………」

じつは、おいらも見たと打ち明けようと思って来たのだが、なんだか言いにくくなってしまった。

「それは、煎餅《せんべい》か？」

台の上に出ているものを指差して訊いた。

「いや、違う。西洋の菓子にクッキイというのがあるらしくて、それをつくってみたんだ。食ってみてくれ」

つまんで食べた。

「どうだ？」

「ううん、まずくはないが、なんかぼそぼそした感じだな。これなら、ザラメ砂糖をつけた煎餅のほうがうまいな」

「やっぱりそうか」

「材料は間違ってないのか？」

「バタがいるんだが、ないから菜種油《なたねあぶら》にしたんだ、それが駄目なんだろうな」

本田はそう言って、自分でつくったものをまずそうに食べた。

「ケイクの話はしたよな？」

兄の波之進《なみのしん》が、「この世のものとは思えないくらいおいしいもの」と話していて、下手人を追う手がかりにもなった。それが、西洋の菓子のケイクで、魚之進も食することになったのだった。

「ああ。でも、あれは材料が手に入らないよ」

「だよな」

卵やバターのほか、カステイラを焼いたり、バニラとかいう西洋の香料も必要になる。いくら凝っても、つくれるものではない。

「それにしても、なんか道具が増えたな」

魚之進は部屋のなかを見回して言った。

もともと棚には鍋だの皿だのがいろいろ載っていたが、しばらく見ないあいだに、鍋の種類が増えている。

「ああ。菓子づくりには、小さい鍋が要《い》るんだ。それに、厚さも違ったりするしな」

「ふうん」

外から見る分には、同心の役宅の庭に、こんな変な小屋がつくられているとは、誰も思わないだろう。

もっとも、八丁堀の役人には、意外に変なやつが多い。外から見る分には、三十坪ほどの似たような役宅が並んでいるが、暮らしぶりはじつにさまざまなのだ。敷地の半分ほどは、貸家をつくって、何人も店子《たなこ》を置いている者は多いし、園芸にはまって植木屋顔負けの庭があり、鉢植えが並ぶところもある。また、土の下に興味があって、恐ろしく深い穴を庭に掘っているやつも知っているし、お地蔵さんを彫るのに凝って、庭には百体以上の石のお地蔵さんが置いてあるところもある。

町方同心は、皆、似たような人間に思われがちだが、内実は変人もいっぱいいるのである。本田などは、まだ、ましなほうかもしれない。

魚之進がぼんやりそんなことを思っていたら、

「そういえば、なんか用があったのか？」

と、本田が訊いた。

「あ、いや。あれから考えたんだけど、おしまちゃんの水茶屋は黙認することにしたよ」

「そうか、恩に着る」

まるで、おしまちゃんの亭主になったみたいに、本田は顔をほころばせた。

役宅にもどると、なかから女たちの笑い声が聞こえた。

——もしかして。

魚之進は緊張した。おのぶが来ているのかもしれない。しばらく顔を見せていないのは、魚之進のお静への思いを知って、憤慨《ふんがい》しているのではないかと、心配していたのである。そのことで、お静に忠告などされたら、なおさらまずいことになる。

恐る恐るなかに入り、客間をのぞいた。

「あら、魚之進さん。お帰んなさい」

と、おのぶが言った。声音も表情も、いつものように屈託がない。

「おのぶちゃん。手製の豆かんを持って来てくれたの」

お静が言った。

「豆かんを」

大好物である。

「魚之進さんもどうぞ」

おのぶが、魚之進に匙《さじ》を手渡してくれた。

すくって口に入れる。寒天《かんてん》は冷えていて、豆のほのかな塩気もいい感じである。

「おいしい？」

「うん」

「売り物にできそう？」

おのぶは屈託がない。

「ほら、本田伝八。知ってるだろ」

「うん。この前、ももんじやにいっしょに行った人？　あたし、酔っ払っちゃって、ぜんぜん覚えてないんだけど」

「そうなのか」

酔っぱらっていたので、本田が言ったこともぜんぶ忘れたのかもしれない。だとしたらありがたい。

「それで、本田さんがどうしたって？」

「本田が、水茶屋で喜ばれそうな菓子を考案中なんだ。今日は、小麦粉と砂糖などを練って焼いたらしいものを食わされたけど、あまりうまくなかった。クッキイとかいうらしい。こういうのにすればいいのにな。今度会ったら教えてやろう」

「水茶屋でね。うん、これはいいと思うよ」

と、おのぶがうなずいた。

ふいに、魚之進の脳裏におしまのお乳がちらついた。この世にあれほどきれいで魅力のあるものが、ほかにあるだろうか。

それを振り払うように、もっと豆かんをすくって、

「うまい、うまい」

食べながらも、ついおのぶの胸元を見てしまう。着物の上からでも、おのぶの胸がおしまよりずっと大きいことがわかる。胸元に団扇《うちわ》で風を吹き込んだりすると、胸の谷間まで見えた。

「ねえ、なんか、ついてる？」

おのぶがいきなり訊いた。

「え？」

「さっきから、あたしの胸のあたりを見てるから」

「え、そんなことは」

魚之進は、慌ててしまい、噎《む》せたうえに、寒天を口からこぼした。

「そんなふうに慌てることが、怪しいわね。ねえ、もしかして、変なところに行ったりした？」

「いやいや、そんなことは」

まったく、おのぶの勘の良さは、怖いくらいである。

五

翌朝――。

魚之進は、麻次とともに千代田《ちよだ》のお城にやって来た。

三日に一度、大奥に顔を出し、警護の状況や仕入れた食料、台所のようすなどを確認し、御膳奉行や奥女中の八重乃などと打ち合わせをすることになっている。

本当なら、鬼役の松武欽四郎が毒殺された件も、調べさせてもらってもよさそうだが、そちらは手出し無用ということになっている。

台所の手前まで来て、足が止まった。

廊下の向こうが見えている。そこは、出入りの商人などと、大奥の女中が打ち合わせたりするあたりである。そこで八重乃が男と話をしているのだが、その相手はなんと北大路魯明庵ではないか。

「旦那、あれは……」

麻次も驚いている。

「ああ、大奥にも出入りしているとはな」

ふいに、魯明庵がこっちを向いた。

目が合った。

魯明庵は、八重乃になにか訊いた。

たぶん、身分や名前を訊いたのだ。ときおり出会っていたので、魚之進の顔には覚えがあったのかもしれない。

八重乃はにこやかな表情で魯明庵になにか言っている。もちろん、名前から身分まで、すべて知られてしまっただろう。

魯明庵はもう一度、魚之進たちを見た。さっきより目が鋭くなっている。

「では、また」

と、魯明庵は八重乃にうなずきかけ、それからこっちに歩いて来た。

「味見方同心。ご苦労だな」

「は」

魚之進は軽く頭を下げた。徳川元春に対してではない。巷を徘徊《はいかい》する毒舌の美味品評家に対してである。

「町方の同心では、お城の調べはやりにくかろう」

「わたしのやれることをやるまでで」

「顔に似合わず、腕はなかなかだそうだな」

「そんなことは……」

「また会おう」

魯明庵は踵《きびす》を返《かえ》し、去って行った。ふと、いい匂いがした。大奥の女中たちもいい匂いはするが、それとはまるで違う。かつて嗅《か》いだバニラの匂いとも違う。

——なんだ？

魯明庵の後ろ姿を見やった。

「月浦さん」

八重乃が近づいて来た。

「いま話していたのは？」

と、魚之進は訊いた。もしかしたら、徳川元春の立場で来ていたのかもしれない。

「北大路魯明庵さまよ」

「もう一つの名はご存じないですか？」

「いいえ、知ってますよ。徳川元春さま。月浦さんもご存じだったの？」

「ええ。たまたま知ったのですが。魯明庵さまは、いつから大奥に顔を出されているのです？」

「去年くらいでしたかしら。大奥に闇鍋《やみなべ》を持ち込んだのも、あの魯明庵さまですよ」

「そうなので……」

なんとなく背筋に冷たいものが走る。闇鍋は、五右衛門鍋とつながっているのかもしれない。魯明庵は、大奥で起きた毒殺にも関わっているのではないか。

「あの方、巷でも有名なんでしょ？」

と、八重乃が訊いた。

「そうですね。食い物屋のあるじたちには、ずいぶん恐れられているみたいです」

「恐れられている？　あんなに、いい方が？」

八重乃は、信じられないというような顔をした。

どうやら魯明庵は、大奥の女中たちに好かれているらしい。

——なんてこった……。

この日も、いつものようにあちこちを点検し、通称〈鬼役〉御膳奉行の社家《しやけ》権之丞《ごんのじょう》と打ち合わせをして下城した。だが、魚之進は魯明庵のことがあまりにも衝撃だったので、ずうっと頭が混乱していたような気がしていたのだった。

六

この日の夕方——。

麻次とも別れ、奉行所にもどると、ちょうど門前で、十貫寺《じっかんじ》隼人《はやと》が女を一人、しょっぴいて来たところだった。

「旦那。あたしはなにもしてませんよ」

門のところで、女は足を踏ん張るようにして、奉行所の敷地に入るのを嫌がっていた。

「わかってるよ」

「だったら、どうして？」

「話を聞きたいだけだ」

「まったく、もう。だったら、ここでもいいでしょ。奉行所になんか入ると、罪人になったようで、嫌なんですよ」

聞いたような声だし、後ろ姿にも憶《おぼ》えがある。もしかしてと、大きく回り込むように、五間《けん》ほど離れて顔を盗み見ると、やはり水茶屋のおしまだった。

魚之進は、顔を見られないようにして、門の裏に回り込み、聞き耳を立てた。門番がどうしたんです？　という顔で魚之進を見たので、

「しいっ」

と、人差し指を口に当てた。

「おめえ、スリはやめたんだよな」

と、十貫寺隼人は言った。

「やめましたよ」

「だったら、なんで、あの寺の縁日に来てたんだ？」

「縁日くらい見たっていいじゃないですか」

「だが、ああいうところに行くと、スリの血が騒ぐだろうが」

「…………」

おしまは返事をしない。そっと覗《のぞ》くと、俯《うつむ》いてしまっている。

おしまはスリだったのか。十貫寺の指摘は当たっていたのか。魚之進は驚きのあまり、ますます耳を澄ました。

「天才と言われたおめえだもの。掏《す》ろうと思ったら、いくらでもやれたよな」

「あたしも、ほかに芸がないんですよね」

「水茶屋で働いてるんだろうが」

十貫寺は知っていたのだ。

「女将さんがケチな人で、ちいっとしか給金をもらえないんですよ。もっと稼ぎたかったら、肌を見せるしかないって」

「肌を？」

「言いたくありません。嫌になってるんです」

「ふうん」

やはり女将とおしまは母娘《おやこ》ではなかったのだ。似ていないわけである。

「あそこで迷ってたのは、旦那が見抜いたとおりです。でも、もう、しません。他人の懐を狙うなんざ、やりたくないですから」

「よく言った」

「もうちっといまの仕事を辛抱してみますよ」

「それがいい。とりあえず、今日は帰れ」

十貫寺も奉行所のなかまで入れて尋問するのはやめたらしい。

魚之進も、その言葉にホッとしてしまった。

おしまは帰って行くらしい。

魚之進は門の横から顔を出しておしまの後ろ姿を確かめ、

「十貫寺さん」

と、声をかけた。

「おう、月浦か。なんだ、そこにいたのか」

「さっきの娘、汐見橋近くの水茶屋で働いている娘でしょ？」

「知ってたのか」

「あの娘、スリだったんですか？」

「ああ。子つばめのおしまと言って、数年前、浅草《あさくさ》の奥山《おくやま》界隈では、ちょっとした有名人だったんだぜ」

「子つばめのおしま……」

「おやじも名うてのスリでな。つばめの吉次《きちじ》と言って、浅草じゃ知らない者はなかったらしいぜ。おしまはもともと器用なうえに、子どものころからおやじに鍛えられたから、天才的なスリになってたんだ」

「捕まえたのは十貫寺さん？」

「おいらじゃねえ。兄貴だよ。波之進だよ」

「兄貴が……」

なにかの縁なのかもしれない。

「だが、まだ幼かったから、お縄にはしなかった。充分諭《さと》してやってな。おしまもよくわかったらしいぜ」

「じっさい、足は洗ってるみたいですよ」

と、魚之進はおしまをかばった。でなければ、百文で胸を見せるなどという商売をやっているはずがない。

「そうだな」

「子どももできてて、亭主はなくなったそうですがね」

と、魚之進はさらに言った。

「子ども？　亭主？　それはないだろう」

十貫寺は苦笑して言った。

「どうしてです？」

「おしまは、なぜか男には興味がない。というか、男が嫌いみたいでな」

「……………」

なにか嘘《うそ》があったのだ。

魚之進の胸のうちで、おしまの感動的な場面が、火をつけられたみたいにチリチリと消えていくのがわかった。

七

「旦那。今日も行くんですか？」

呆《あき》れた口調で麻次が言った。

「うん」

魚之進の足は、日本橋北・汐見橋の近くへ向かっている。

「ははあ。わかりましたよ」

麻次は歩きながら言った。

「なにが？」

「大奥で緊張すると、自分をいい気持ちにさせてやりたいんですよね。それで気も晴れるというものでね」

「生憎《あいにく》だな」

魚之進は静かに苦笑して言った。

今日も女将がいて、

「あら」

と、例の油っぽい笑みを浮かべた。おしまのほうはいない。

縁台に座り、魚之進はいつものように乳茶を頼んだ。

よしずのなかで、赤ん坊の泣き声がした。

女将がさりげなく、よしずで囲われたなかに入った。

赤ん坊は泣きやんだ。

魚之進は麻次を見て、

「わかっただろ？」

と、言った。

「は？」

麻次はわからないらしい。

「赤ん坊が静かになっただろう？」

「ええ」

「どういうことだと思う？」

「あやしたんでしょ？」

「そうじゃない。お乳をあげたんだよ？」

「女将が？」

「そう。おい、麻次。おいらや本田は、思わぬものを飲んでたみたいだぜ」

「え？」

「あれは、女将のお乳なんだ」

魚之進は情けなさそうな顔で言った。

「まさか」

「いや、そうだ。おしまはお乳は見せたけど、乳を入れるところはうまく隠して見せなかった。すばやく革の袋にでも入れておいた女将の乳を入れたのさ」

「ということは、赤ん坊は？」

「女将の赤ん坊だよ」

「なんでわかるんです？」

「おしまは男嫌いで、子どもなんかつくることはあり得ないらしいよ」

「うえっ」

「おいらも妙な気分になってきた」

魚之進は、胸のあたりを撫《な》でた。軽い吐き気を感じている。

「とんでもねえ商売をしやがって。しょっぴきますか？」

と、麻次が息巻いた。

「それは駄目だよ、麻次」

「どうしてです？」

「若い女だったらしょっぴいたりせず、年増の女将がやっているというならしょっぴくのか？」

「でも、女将の乳だったら、旦那たちを騙《だま》したことになりますぜ」

「そうだけど、赤ん坊のためということだったら、むしろ女将のお乳を出すのは当たり前だよな。おいらたちは、赤ん坊のためってことで、あのよしずのなかに入ったんだから」

「だったら、どうするので？」

「見なかったことにするしかないだろう」

「そうですね」

おしまが来た。朝はいつも、遅めに出て来るのだ。女将とは別のところに住んでいるのだろう。魚之進たちを見ると、軽く頭を下げた。なんとなく疲れたような顔をしている。

「意外に太《ふて》えやつですね」

と、麻次が憎々し気に言った。猫のようだという気持ちも消えてしまったらしい。

「そうじゃない。おしまのおやじは、浅草でつばめの吉次と呼ばれていたそうだぜ」

「つばめの吉次！　伝説のスリじゃねえですか。あっしは縄張りが違ったんで、顔は知りませんが、岡っ引き仲間もずいぶん翻弄されたみたいです。財布を抜かれた岡っ引きもずいぶんいたそうですから」

「そうなのか」

「娘がいるとは聞きましたが、あの娘がねえ」

「ああ。娘も凄腕《すごうで》だったそうだ」

「へえ」

「兄貴が一度、捕まえた」

「波之進さまが……それは知りませんでした」

「兄貴も、騒ぎ立てることはしなかったんだろうな。それくらいだから、自分のお乳を飲ませるふりをして、女将の乳を飲ませるなんてことはかんたんだ」

「でしょうね」

「それで、ここからがほんとの人助けだ」

と、魚之進は麻次を見た。

「え？」

「おしまをあの手妻師に紹介してやってくれねえか」

「ははあ」

「おしまは足を洗いたい。だが、手先が器用なことくらいしか取り柄がないんだと。だったら、手妻師はぴったりだろ？」

昨夜、さんざん考えて、ようやく思いついたことだった。これなら死んだ兄貴も満足してくれるはずである。

「まったくだ。ええ、紹介します。あいつも喜ぶんじゃないですか。でも、ここの女将は文句を言うでしょうね」

「それは町方として有無を言わせないさ」

「なるほど」

魚之進は、おしまを手招きした。

「なんです？」

おしまは怪訝《けげん》そうな顔をして寄って来た。

「じつは、あんたに紹介したい人がいるんだ。もう、ここは辞めたほうがいい。あんなこともしないで済むようになれるよ」

「誰に紹介してくれるんです？」

と、おしまが訊いた。

「あんたの特技を存分に生かすことができるはずだ。その人ってのは……」

天竜斎松影の名を告げた。おしまの表情が手妻のようにくるりと変わって、若々しく輝いた。

第二話　こぼし飯

一

魚之進は、ようやく奉行の筒井和泉守に会えた。

伝言もできなくはなかったが、五右衛門鍋の件は直接話したかった。そこへきて、大奥に北大路魯明庵が出入りしていることがわかったのである。昨夜も寝床で考えたが、やはりあれは重大事ではないか。もう、ぐずぐずなどしていられないと、朝一番に奉行所にやって来て、面会を申し込んだのだった。

筒井は、奉行所の裏手の私邸から、ちょうど出て来たばかりで、与力から大雑把な報告を受けたら、すぐに評定所に出かけてしまうところだった。

だが、魚之進の表情にたいへんな事態だと察知したようで、四半刻《しはんとき》（およそ三十分）ほど話を聞いてくれることになった。

「すまんな。わしもいろいろ忙しくて」

筒井の部屋の机には、新築された大店《おおだな》の屋根に並べられる瓦のように、未決の書類が高々と積まれている。急ぎではないのだろうが、目を通さなければならないのに、その暇がないというのがわかる。

「いえいえ」

魚之進は恐縮して、首を横に振った。

幕政においても面倒ごとは多いらしく、評定所の会議がつづいているのだ。筒井はもともと丸顔の温厚な顔立ちをしているが、今日、間近で見ると、痩せてはいないにせよ、目の下に黒っぽく隈《くま》ができている。疲労が溜まっているのだろう。

だが、今度の件では、筒井にはもっと面倒ごとが増えるはずである。隈どころか、目の下に穴が開くかもしれない。

魚之進は、ざっと五右衛門鍋の件を報告した。

盗人《ぬすっと》どもの集まりで、一人ずつ毒殺されている。

その鍋をつくるのは、美味品評家の北大路魯明庵。

だが、それはいわば仮の名で、正体は……。

「なんと、徳川元春さまとな」

筒井も目を瞠《みは》った。

「ご存じでしたか？」

「お会いしたことはない。が、噂《うわさ》は聞いていた」

「噂とは？」

「尾州公《びしゅうこう》の縁者だが、母親の血筋がよくないので表には出られない。だが、かなりの切れ者で、巷に出没しているとはな。尾州公も、この方の知恵は、かなり当てにしているらしいぞ」

「その徳川元春さまを、今日、大奥で見かけました」

「大奥にも出入りしているのか？」

「はい」

「ちと、待て」

と、筒井はひどく深刻な表情になって、

「その北大路魯明庵は、まるで悪党を相手に試しみたいに毒を使い、死なせている。さらに、大奥へも出入りしている。嫌な話の流れだな」

「…………」

魚之進は無言でうなずいた。本当に嫌な流れである。

「尾州公の縁者が、上さま暗殺を謀っていることになるのか」

魚之進もそこまで言いたかったが、はっきりとは言えなかったのである。だが、奉行が代わりに言ってくれた。

「ただ、なんの証拠もありません」

「うむ」

「じつは、魯明庵とすれ違ったとき、ぷうんといい匂いがしました」

「ほう」

「鬼役の松武さまも亡くなるとき、化粧の匂いがしたと言い残しています」

「黒いな」

と、筒井はうんざりした顔で言った。

「灰色くらいかも」

魚之進は遠慮がちに言った。

「いや。そなたの調べは信用している。それからすると、たしかに徳川元春さまは黒い」

「…………」

「だが、出入りしているとはいっても、直接、鬼役に毒を盛ることはやれまい」

「もちろんです。魯明庵が関わっているなら、大奥内部に協力者がいるはずです。あるいは、協力しているとは知らずに使嗾《しそう》されているのかもしれません」

「思い当たる者もいるのか？」

「以前、大奥で闇鍋が流行り、それを持ち込んだのは魯明庵だそうですが、その闇鍋はお年寄りも気に入っていたとは聞いたことがあります」

年寄りというのは、じっさいに歳を取っているのではなく、大奥の女中たちを束ねる職種のことらしい。

「魯明庵と年寄りか」

「それも証拠はありませんが」

「月浦。そのことはまだ、誰にも話しておらぬな」

「もちろんです」

たぶん麻次でさえ、北大路魯明庵を大奥の暗殺事件にまでは結びつけていない。

「そのまま調べをつづけてくれ。五右衛門鍋のほうは終わりにさせよう。これ以上、なにもやらせないため、岡っ引きでもうろうろさせてもいい」

「なるほど」

「魯明庵は、尾州藩を直接探るのは難しいだろうが、味見方の視点でも探りを入れてくれるといいな。それで、なにかわかったら、すぐにわしに報《しら》せてくれ。わしがつかまらないときは、いつでも裏の私邸のほうに来てくれてかまわぬ」

「わかりました。さっそく確かめておきたいことがあります」

「なんだ?」

「中野石翁《せきおう》さまが、最初の上さまの暗殺計画のことを小耳に挟んだのは、日本橋の料亭の〈浮《う》き舟《ふね》〉でのことでした」

「そうだったな」

「浮き舟には、まだ調べを入れておりませんでした」

「なるほど。そこへ北大路魯明庵が出入りしているかだな？」

「は」

中野石翁が小耳に挟んだ話の、もしかしたら語り手だったかもしれないのだ。

「わかった。そこは調べておくべきだろうな」

「やっておきます」

魚之進はうなずいた。

話は終わった。奉行は忙しい身である。引き下がろうとすると、

「それと、忙しいそなたにすまんのだがな……」

筒井が魚之進を止めた。

「は？」

「もう一つ、調べてもらいたいことができた」

「なんでしょう？」

「大坂《おおざか》の町奉行所のほうで目をつけていた男でな、相場師の双太郎《そうたろう》というのがいる。こいつは五年前、行方をくらましていた」

「相場師？」

相場のことはまったくわからない。

「わしも相場のことはよくわからぬのだが、そいつは相場を利用した巧妙なネズミ講のようなものを流行らせ、その元締めになっていたらしい。奉行所がそのことを察知し、調べを進めた矢先にいなくなった。結局、尻尾も摑《つか》みそこなったようだ。その相場師双太郎が、近ごろ、江戸の築地《つきじ》で料亭を開いたそうで、たいそう繁盛しているらしい」

「顔をたしかめたのですか？」

「京からもどった者が、双太郎の顔を見知っていて、おそらくそうだというのさ」

「築地の料亭というのは、もしかして〈千成《せんなり》〉ですか？」

「ほう。知っていたか。さすがだな」

「いえ。大坂から来た料理屋で、繁盛しているという噂を聞いただけです」

「なるほど。そやつは、愛想のいい人間で、荒事はまずやらない男らしい。だが、大金集めに熱心だそうでな。おそらく江戸でも、なにかしでかすのではないかと、わしは睨《にら》んでいる。月浦、その料亭についても、味見方で探ってみてくれぬか？」

そう言って、筒井は立ち上がった。そろそろ評定所に向かわなければならない刻限らしい。

魚之進も、命令を断《こと》わることはできない。

「わかりました」

と、うなずいたが、しばらくは忙しい日々になりそうだった。

二

さっそくこの日のうちに、麻次とともに築地に向かった。

まだ昼前なので、おそらく料亭は開いていない。だが、建物や周辺のようすから探るつもりだった。

「へえ、こんなところに」

ここは、築地の明石町《あかしちょう》という町で、東は江戸湾に面しているが、町の裏手は大きな三角形の舟溜まりになっている。そのどちらも、荷揚げができる河岸《かし》になっていて、たいがいの魚は、ここで漁師から直接仕入れることができる。

「まだ、新しいですね」

建物を見て、麻次が言った。

「ああ。半年ほど前にはなかったよ。ここは、前はなんだったっけなあ」

新しい建物ができると、前になにがあったか、すぐわからなくなる。少し考え、ここには大きな舟大工の作業場と、干物の干し場があったことを思い出した。

「立派な料亭ですね」

二階建てで、黒板塀で囲われているが、裏手にはちょっとした庭もつくられているようである。

「うん。できて、まだ二、三ヵ月だろう。それで評判になるくらい流行っているんだから、たいしたもんだ」

玄関回りを掃除していた女中が、水を撒《ま》きに出てきたので、

「今日あたり来てみたいんだけど、混んでるかな」

と、魚之進は声をかけた。

「個室のほうはふさがってますが、広間のほうは大丈夫だと思いますよ」

「そうか。だいたい値はいくらくらいするんだい?」

「お膳が二つで、一匁《もんめ》(およそ四千円)をいただいてます。お酒は別になります

が」

「わかった。じゃあ、暮れ六つごろ、来てみるよ」

そう言って、出直すことにした。

「一件、たしかめたいことがあるんだ」

そう言って、魚之進が向かったのは、日本橋の料亭浮き舟である。

「ここの料亭も大坂の相場師がやってるんですかい？」

麻次が訊いた。

「ここは別件だよ。ちっと、おいらがなかに入って訊いてくる。麻次はここで待っていてくれ」

「はあ」

麻次は、妙な顔をした。いままでは、つねにいっしょに動いてきたのだ。だが、徳川家がからむとなると、麻次にも秘密にしなければならないことが出てくるかもしれない。

さっきの千成とは違って、こっちはいかにも江戸の料亭である。外からの見た目も、あまり目立たず、年季の入った板塀や、小さな看板などを見ると、むしろ素っ気ない感じさえする。

だが、こういうところはいざ調べを入れると、なかなか手強《てごわ》かったりするのだ。

魚之進は玄関口から帳場のほうを見て、

「ちと、訊きたいのだが」

と、声をかけた。

女将がそろばんを弾いていた手を止め、すばやく立ち上がると魚之進のところに来て、軽く微笑んだ。なにをお訊きになりたいのでしょう？　という顔である。

「こちらでは、毎日の客を帳簿につけていたりするのかい？」

「それはもちろんでございます」

「名乗りたくない客だっているだろう？」

「そういうお客さまは、うちではお断わりさせていただいてます」

女将はきっぱりと言った。

「今年の春ごろ、大雪が降ったちょっと前くらいかな、向島《むこうじま》にお住まいがある中野石翁さまが来られたはずなんだ」

「………」

女将の顔が硬くなっている。

「その日の帳簿を見せてもらえないかな？」

「あの、どちらさまで？」

「おいら、南町奉行所の町回り同心で、月浦魚之進というんだがね」

「お調べですか？」

「うん、まあ」

「生憎《あいにく》でございますが、帳簿はつけております。ですが、月末などに代金関係の整理がついたあとは、破棄してしまうんですよ」

「破棄する？」

「はい。なにせ古い商売で、帳簿を保存していたりすると、蔵が一棟いっぱいになってしまいますから。なので、春ごろのこととなると、ちょっとわかりかねますが」

「…………」

　嘘である。帳簿はあるが見せられない、見せるつもりもない。なにを言われようと、客の秘密は断じて守る。それは一流の料亭の意地というものなのだ。ここで魚之進が「じゃあ、お奉行直々に頼んでみるよ」などと言い出しても、そのときは本当に帳簿を隠したり、焼いたりしてしまうに違いない。

つまり、まともに攻めても確かめようがない。

「そうかあ。しょうがないなあ。弱ったもんだ」

魚之進はひとまず諦めて、ぶつぶつ言いながら、前の通りにもどった。

それからしばらく日本橋の魚河岸界隈を見て回り、暮れ六つになってまた、築地にやって来た。

すでに客も入り始めている。

「お武家さまが多いみたいですね」

と、麻次が言った。

「そうみたいだな」

魚之進の前にいた二組とも、武家の三人連れと四人連れだった。

客層も悪くなさそうである。

玄関を入り、なかへ通された。

黒いひょうたんがあちこちに飾られている。漆塗りに金泥で、小さなネズミが描かれている。このひょうたんにネズミの図柄は、店の文様になっているらしい。

いかにも金がかかっているが、なんとなく下品さが感じられる。

「こういう造りは大坂ふうなんですかね？」

　と、麻次が言った。

「そうかもな」

　江戸では下品でも、大坂では上品という、見方の違いもあるのではないか。

「味のほうはどうなのかだな」

　個室は二つほどあるが、予約が入っているらしい。

　広間に通された。かなり広い。あいだに柱が何本もあるが、五十畳敷きほどである。それが、小さな屏風《びょうぶ》で適当に区切られてある。客の数や混み具合で、どうにでもできるらしい。

　その指図をしている、四十くらいの男がいる。

　魚之進と麻次を壁際の席に案内した女中に、

「あの人が旦那かい？」

　と、訊いた。

「はい」

　背が高く、痩せている。むしろ貧相で、やさしげである。

　荒事はしないと、奉行が言っていたが、それどころか、小さな悪事さえやりそうもない。親孝行友の会の会長でもしていそうである。

「旦那さんは、なんという名前なんだ?」

「波右衛門《なみえもん》さんです」

「波右衛門さんか」

双太郎ではない。が、名前など、どうにでも偽れる。

酒も一本ずつつけて、お膳を二人前頼んだ。

女中が下がって行くと、

「いろんな顔をした悪党を見てきましたが、ああいう顔の悪党はいなかったですね」

麻次が小声で言った。

「うん。でも、人間てえのは、顔の造りじゃわからねえからな」

表情だって、お面をかぶるようにつくることができる。だが、一瞬、正体が垣間《かいま》見《み》えることもある。それを見逃さずにやれるかである。

「たしかに相場なんて面倒臭いことがやれる悪党ってのは、そこらの悪党とは人間の出来も違うんでしょうね。頭だっていいんだろうし」

「頭はいいだろうな」

魚之進はうなずいた。

そのとき、魚之進の背中のほうで、

「あっ」

と、慌てたような声がした。

背伸びして、そっちに目をやった。屛風といっても半間ほどの高さだから、なにが起きたかくらいはわかる。

「すみませんでした」

若い女中が酒をこぼしたらしく、客の袴を一生懸命拭いている。

「なあに、たいしたことはないよ」

こぼされた武士は、にこにこしている。あれだけ謝られて、若い娘に膝を撫でるようにして拭いてもらえば、怒る人もそうはいないだろう。

「まだ、数ヵ月だから、女中も慣れていないのかな」

と、魚之進は言った。

お膳が出てきた。

一の膳と二の膳。

一の膳の主役は、鮎《あゆ》である。塩焼きは当然だが、鮎の南蛮漬けは珍しい。蓼《たで》が添えてあるのが工夫だろう。ややこぶりだが、値段を考えたら、仕方がない。二の膳の主役はウナギ。鮎は季節物だが、こっちは生《い》け簀《す》でもあって、年中出されるのではないか。

器のほうはまったく詳しくないが、たぶんなんとか焼きとか、なんとか塗りといった名前のあるものだろう。

「さあて、味はどうかな」

魚之進は、近ごろ、味覚が肥えてきた気がする。若いうちからうまいものを食べ慣れたりすることには、なんとなく後ろめたい気持ちもある。

ゆっくりと鮎とウナギを味わい、酒も一口飲み、

「どうだ？」

と、麻次に訊いた。

「うまいですね」

麻次は大きくうなずいて言った。

「うん。おいらも感心したよ」

値段も安いとまでは言わないが、高い感じはまったくしない。

広間を見回すと、すでに席は埋まっている。町人もけっこういる。四、五十代の

男と、若い娘の組み合わせが多い。もちろん、親子ではないだろう。

「これは流行るわな」

と、魚之進は言った。

三

夜、八丁堀の役宅に帰って、つくづく考えた。調べに行ったのに、料亭千成には、なにも引っかかるものはなかったのである。

料理は江戸にはない味わいで、じつにうまかった。

そのくせ値段は決して高くはなく、また行きたいと思わせる額だった。

しかも、あるじから女中にいたるまで、皆、愛想がよく、丁重だった。

あれなら、真面目に商売をつづけていけば、たいそうな儲《もう》けになるだろう。悪事に手を染める必要はない。

——ううむ。

一度行っただけでは見えてこない。こういうときは、何度も行くことが大事なのだ。

明日は非番になっている。

――お静を誘ってみようか。

と、思いついた。勘のいいお静が見ると、なにか思いがけないことがわかるかもしれない。

翌朝、それを話すと、

「あら、行ってみたい。でも、今日？」

「ええ」

「おのぶちゃんが遊びに来ることになってるの。いっしょじゃ駄目かしら」

二人きりになるのが嫌なのか。

しかも、二人分なら経費で請求できるが、もう一人分は自腹になってしまう。

だが、この際、仕方がない。

「いいですよ。だったら……」

と、本田伝八も誘うことにした。

本田には、水茶屋のおしまちゃんのこともざっと伝えてあった。可哀《かわい》そうなくらい落胆して、

「また、引っかかったのかよ。おいらも情けないな」

と、毛が少なくなった頭を掻《か》きむしった。

「ああいうのは、誰だって引っかかるよ」

「お前は引っかからなかったんだろうが」

「………」

おいらもじつは——とは、つい言いそびれてしまったのである。

その疚《やま》しさもあって誘ってみると、喜んでやって来たのだった。

今日も個室ではなく、広間のほうである。暮れ六つから少し遅れて入ったら、すでに満席に近かった。

廊下に近い席に座り、膳を四組に酒も一本ずつ付けた。お静は飲まないので、その分は飲み助のおのぶと本田に回るだろう。

「これって、仕事がらみか？」

本田が訊いた。

「まあな。でも、それはおいらだけで、あんたたちはなにも考えず、料理を堪能《たんのう》してくれたらいいさ」

「そうか」

膳がやって来た。

今日も昨日とまったく同じである。

「これ、いくらなんだ？」

本田が無粋なことを訊いた。

「二匁だよ」

「ひぇえ、いいなあ、味見方は。こういうのを仕事で食べられて」

「馬鹿言え。毒だって食わなきゃならないかもしれないんだぞ」

「それも考えものか」

「どうだ、味のほうは？」

「うん、うまい」

本田がうなずくと、

「ほんと、おいしい」

と、お静とおのぶも嬉しそうに言った。

「やっぱり上方の味かい？」

おのぶは絵を学ぶため、しばらく京に行っていたのだ。

「あたしは倹約して暮らしてたので、料亭なんか行ったこと、なかったからね。でも、たぶん上方ふうの味だと思う」

おのぶがそう言うと、

「上方ふうというのは間違いないよ。ウナギだって、腹のほうから割いてるじゃないか。江戸は縁起が悪いというので、背開きにするだろうよ」

本田が断言した。

うまい料理を堪能しながら歓談が進み、いつの間にか絵の話になった。

「おのぶちゃん。絵は売れてるのかい？」

本田が訊いた。

「まるで売れないよ。題材が悪いのね。見てもらっても、欲しいという人はいないの」

おのぶはなぜか、長いものばかり描く。

「龍の絵は、欲しいという人は多いんじゃないの？」

と、お静が言った。

「龍の絵なら、男の絵師に頼むのよ。女が描いた龍なんか、いかにも弱っちくて、厄除《やくよ》けにもならないって」

「偏見よね、それって」

「近ごろ、葛飾北斎《かつしかほくさい》先生の娘さんでお栄《えい》さんて人と知り合ったの」

「へえ」

「お栄さんも間違いなく天才だよ。北斎先生の手伝いとかもされてて、じつはお栄さんが描いたって絵もあるの。それくらいなのに、北斎先生じゃなく、お栄さんの絵ってことにすると、まったく売れないんだって。それほど、女の絵師は馬鹿にされてるの」

「そうなのね」

お静は同情した。

「絵ばっかり描いてたから、料理はできないし、これじゃお嫁にもらってくれる人もいないわよ」

「そんなことないよ」

お静はそう言って、口をつぐんだ。

ちらりと魚之進を見た気がする。

本田がなにか言いそうで、ひやひやする。

と、そのとき、

「あ、ごめんなさい」

女中の悲鳴のような声がした。

斜め向こうの席を見ると、また、女中が酒をこぼしたらしい。このあいだとは、別の女中である。

「申し訳ありません」

こぼされたのは武士である。腿《もも》のあたりが濡《ぬ》れて、若い女中が一所懸命拭いている。身体《からだ》はまさに、膝に乗ろうかというくらいである。

あれでは、武士のほうも妙な気持ちになるのではないか。

「ははあ」

と、魚之進がつぶやいた。

「なにが、ははあなんだ？」

本田が訊いた。

「あれは、わざとこぼしてるんだ」

「わざと？」

「ああ。昨日もあれと同じことがあった。料理屋がそうそう同じしくじりをするわけがない」

「なんで、わざとこぼさなきゃならないんだ？」

「こぼしたあとは、ああして親切に拭いてくれるんだ。酒なんかそんなにシミになるわけじゃないし、あんなにしてくれたら、また来ようという気になるかもしれない」

「たしかに」

「それも流行ってる理由かもしれないな」

魚之進がそう言うと、

「男の人ならそうかもね」

「女はそういうのは嫌よね」

お静とおのぶが、呆れたように言った。

「でも、そこに気づいた魚之進さんは凄いと思う」

「ほんと。魚之進さん、自分で思っているよりずっと有能よ」

今度は、魚之進の株を上げてくれた。

「なるほど。それで味見方としては、そういう色仕掛けをまじえた商売のやり方は見過ごせないってわけだな」

本田が調べに入ったわけを納得したみたいに言った。

「そんなことはないさ」

商いの手管《てくだ》としては、そんな方法も面白いかもしれない。

だが、知恵者の悪党である相場師双太郎が考えたのは、その程度の悪事なのか。

「ごちそうさま。おいしかった」

お静に礼を言われ、魚之進が代金を払って、四人が外に出て来ると、玄関のわきに賢そうな目をした犬がいた。まだ仔犬《こいぬ》のような、茶色い犬である。

「ああ、可愛い」

と、おのぶがしゃがみ込み、顎のあたりを撫でた。

犬も尻尾を振りながら、おのぶにじゃれついている。

「あたしって、人間には変人扱いされるだけだけど、生きものには好かれるのよね」

「大丈夫よ。そのうち、おのぶちゃんが好きで堪《たま》らないっていう人が、ぜったい出てくるから」

お静が言った。

「そうかしら」

と、おのぶは犬を撫でつづける。

そんなようすを見るうち、

――ん？

魚之進の胸のなかで、なにかが光ったような気がした。

「悪いけど、先に帰ってくれ」

「え？　どうしたんだ？」

「いや。まだ調べたいことができちまったんだ。すまん、すまん」

と、三人を帰すと、魚之進は千成の玄関口が見えるあたりの、柳の木陰に隠れた。

四

それからほどなくして、

「おい」

暗闇から声がかかった。

ドキッとして、思わず刀に手をかけた。

「おれだよ」

「え？」

闇を透かして見ると、本田伝八がいた。

「なんでもどって来たんだ？」

魚之進が訊いた。てっきり、女二人を喜んで送って行ったと思っていた。

「おれにも手伝わせろ」

「お前に？」

「なんだよ。おれだって町方の同心だぞ」

「そうだけど」

「おれはこの数年、町回りへの転出を志願しているんだ」

「そうなのか」

それは聞いていなかった。

「まあ、花形の職務についてるお前にはわかんないだろうがな」

と、本田は拗《す》ねた口ぶりで言った。

「花形……」

「町回りは、奉行所の花の職務だろうが」

「そうなんだ……」

兄貴の後釜になったから、そんなことは思いもしなかった。

「だから」

「わかった」

本田の気持ちを知ったら、断われない。

「いったい、何を気づいたんだ?」

と、本田が小声で訊いた。

「当たってるかどうか、わからないけど」

「なんだよ」

「わざと酒をこぼしてるのは、なにか匂いをつけてるのかと思ったのさ。犬って鼻がいいよな」

「ははあ、犬に跡をつけさせるのか」

「じゃないかと思ったのさ」

「でも、酒臭い客なんかいくらでもいるだろうよ」

「こぼすのはふつうの酒じゃなかったら? 犬にだけ嗅ぎ取れるような、別の臭いの元を入れておけばいいだろうよ」

「なるほど。味見方はそこまで考えるのか」

本田は感心した。

「おい」

魚之進が本田を突いた。

三人連れの客が外に出て来ると、

「今日はご馳走《ちそう》になった」

「なんの。こういう気楽な店だったら、いいでしょう」

「うむ。また、誘ってくれ」

そんな話をし、一人は鉄砲洲《てっぽうず》のほうに帰って行った。二人連れのほうは、明石橋を渡り、舟溜まり沿いの道を堺橋《さかいばし》のほうへ歩いて行く。

そこで、店の男が犬を連れて出て来た。犬の首には紐《ひも》が巻かれ、それを引っ張るようにしている。二人連れのほうを追いかけて行くらしい。

「二人連れの片割れは、さっき女中に酒をこぼされた客だ」

「なるほど。お前の推測は当たったみたいだな」

男は、二人連れの十間ほど跡をつけていく。というより、犬に跡をつけさせている。それをさらに、魚之進と本田が追いかけた。

二人は軽子橋《かるこばし》で築地川を横切り、少し行ってから大きな大名屋敷のなかに入って行った。千成から、たいして歩いていない。

犬を連れた男は、そこまで見届けると、引き返すらしい。

魚之進と本田は慌てて脇道に隠れ、男と犬をやり過ごした。

「ここはどこのお屋敷だ？」

魚之進が訊くと、

「土佐《とさ》藩《はん》の中屋敷のはずだな」

本田はけっこう大名家のことに詳しい。

「客がどこの藩士か確かめたのだな」

「だが、確かめるだけなら、そっと跡をつければいいだろうが。わざわざ犬を使う必要があるのか？」

本田が言った。

「たまたまいまは、わかりやすい道だったけど、暗いとき、町人地なんかに入り込まれたら、わからなくなるんじゃないのか」

「いやあ、いくら暗いなかでも、ほろ酔いの客を追いかけるくらいは人間でもできるぞ。犬なんか使ったら、逆に吠《ほ》えたりして、面倒臭いんじゃないのか？」

「うん」

本田の言う通りである。

「これで終わりか？」

本田が訊いた。

「いや、千成にもどろう」

まだ店はやっているはずである。

玄関口のところまで来ると、二人連れの客が帰るところで、あるじが見送りに出て来ていた。魚之進と本田は、塀の裏に隠れ、やりとりに耳を澄ました。

「長く、ご愛顧いただけますよう、これはおまけというか、二分《ぶ》は引かせていただきますので」

と、あるじがどちらかの客の手に二分銀をもどしたらしい。

「これはすまんな」

「では、また」

二人連れの客は、魚之進と本田がいるのに気づかず、歩き出した。さっきの犬は玄関のわきにいるが、今度は跡をつけるようすはない。

だが、魚之進と本田は、二人の跡をつけた。

歩きながら、一人が片割れに、

「ちゃんと藩の金庫にもどしておくからな」

と、言った。

この台詞《せりふ》でぴんときた。

「ははあ、そういうことか」

と、魚之進は言った。

「なにがそういうことだ？」

「藩邸は広いだろう。金庫の場所はさらにわからないよな」

「金庫の場所？」

「そう。返してもらった金をおさめたところ。すなわち、臭いのついた金が収まったところ。犬だったら、そこを特定できるよな」

「犬だったら特定って……」

「犬もいっしょに忍び込むのさ」

「おい、あの店に泥棒がいるというのか？」

本田が驚いたように言った。

「静かに話せ」

「え？　あの店、泥棒の店？」

それは想像もしていなかったらしい。

「そういう疑いがあるのだ」

「泥棒はあのあるじか？　あるじが泥棒なのか？」

「あいつが自分でやるかどうかはわからねえ。実行役は、さっき犬を連れていた男かもしれないな」

「なんてこった」

二人連れの客は、湊稲荷《みなといなり》の手前を左に曲がったところの、ここも大きな藩邸のなかに消えた。

「ここは？」

「阿波徳島藩《あわとくしまはん》。蜂須賀《はちすか》さまの中屋敷だな」

「ここも大藩だ」

魚之進たちは、もう一度、千成に引き返した。

千成の玄関口では女中が町人の四人連れを見送っていた。そのうちの二人は、相当酔っ払ったような足取りである。

あるじは出て来ていない。

そろそろ閉店の刻限らしかった。

五

築地から八丁堀のほうに来て、稲荷橋を渡ったところで、

「いやあ、面白かった。また、誘ってくれ」

と、本田は言った。

「それはいいけど」

「養生所の仕事も大事だとは思うが、おれのように若いやつがやる必要はあまりないんだよな。むしろ、隠居まぎわの人がやったほうが、病人の気持ちとか医者の気持ちもわかるはずなんだ」

「たしかにそうだ。願いが聞き入れてもらえたらいいがな」

「そうなんだ。お前からも機会があったら、推薦するようなことを言ってくれないか」

「ああ。おいらの意見がどれくらい効果があるかはわからんけど、できるだけのことはしておくよ」

そう言って、本田と別れた。

だが、本田が町回りを希望しているとは、思ってもみなかった。暇な職場でのんびりやるのが、あいつの性に合っているような気がしていた。

もし、本田も町回りになれば、遠慮なく協力し合えるだろう。そういう同僚がいれば、ずいぶん心強いはずである。

——市川《いちかわ》さんにもちらっと話しておくか。

市川一角《いっかく》は、もっぱら検死役を務めるが、五十過ぎの町回り同心では長老格である。市川の推薦があれば、なにかのときに考慮してもらえるはずだった。

亀島《かめじま》河岸沿いに、川風を感じながら、霊岸橋近くまでやって来たとき、

——え。

魚之進の足が止まった。

思わず、隠れた。

向こうから北大路魯明庵がやって来たのだ。

大柄な男だけに、よく目立つ。着流しに一本差し。着物は白地に光る糸でなにやら模様が入っていて、夜目にもきらきらと光って見える。腕組みをし、鋭い目で深刻そうな顔をしていた。

——なんで、こんなところに？

魯明庵は、足早に通り過ぎた。

——まさか。

魚之進の家を探りに来たのか。いや、探るだけではない。始末しようというのか。

おいらは兄貴と同じ目に遭うのか。自分だけならいい。おやじも。そしていまは家族ではないお静までも。

一家惨殺。

などという、恐ろし気な言葉まで脳裏をかすめた。

魯明庵はいつも見かけるときは一人だが、徳川の名を持つ人間だったら、動かせる人間も一人や二人ではないだろう。

そいつらになにか仕事をさせ、すばやくばらばらになる。

そういえば、さっき着物に、返り血のようなものはなかったか。そう思ったら、あったような気もしてくる。

——まずい。

魚之進は、駆け足で役宅にもどった。

声もかけず、なかへ飛び込んだ。

お静は、おやじに出すお茶の支度をしているところだった。番茶のいい香りがした。

「さっきはごちそうさま」

「ああ」

安心して力が抜けた。

「どうかしたの？　顔色がよくないわ」

「なんともない。大丈夫だよ」

おやじだって警戒してくれているのだ。それでも、油断はしまいと、魚之進は自分に言い聞かせた。

六

翌日は大奥を見回る日だった。

麻次には、深川《ふかがわ》の尾張藩邸の張り込みを頼み、一人で千代田の城にやって来た。

魚之進も気を遣って、麻次には詫《わ》びるように頼んだので、なにか面倒なことが起きていると察したのだろう。

「いやあ、あっしもあそこは苦手なので助かります」

と、言ってくれた。

だが、麻次がいっしょにいないとなると、やっぱり心細い気がする。

いつものように大奥の台所に顔を出し、最初に社家権之丞に挨拶した。

「おう、月浦か」

相変わらず、社家の顔色はすぐれない。すでになにかの毒が回っているように思えなくもないが、非番の日になると、見違えるように元気になるらしい。

「とくに変わったことは？」

と、魚之進が訊くと、

「大ありだよ」

社家は割れた額を両手で押さえるみたいにして言った。

「なんです？」

「わしの命も長くない」

社家はそう言って、傍らの柱に寄りかかるようにした。

「なぜ、そんなことを？」

「上さまが寛永寺《かんえいじ》にお出ましになるらしい」

「そうなので？」

「しかも、昼食は寛永寺で取るので、わしも同行を命じられた。むろん、毒見もする。それで終わりだ」

「そんな馬鹿な。警戒だってしてますでしょう」

「そなた、寛永寺に行ったことがあるか？」

「花見のときにちょっと」

「花見じゃわからぬ。あんなところ、隙《すき》だらけだぞ。坊主どもがやたらとうろうろしているし、料理だって小坊主に毛が生えたようなのがつくるのだ」

「小坊主に毛の生えた……」

どういうやつなのだろう。

「毒なんか入れようと思ったら、どこからでも馬の餌みたいに入れられる。まったく、松武が生きておれば」

と、社家は愚痴った。

「ですが、こんなときだから、上さまにお願いして、中止にしていただいたらいかがです？」

鬼役ならそれくらいの進言はできるのではないか。

「周囲も止めたのだ。だが、上さまもこのところずっと城から出ていないので、気分がふさいでいるらしいのだ。どうしても行くとおっしゃったそうだ」

「いつです？」

「半月後だそうだ。わしの命もあと半月だ」

「そんなことないですよ」

当然、町奉行所など、あらゆるところに通達が行っているはずである。

警戒は厳重になる。社家が心配するようなことにはならないだろう。

社家はひとしきり魚之進の慰めの言葉を聞き、力ない足取りで詰所のほうへもどって行った。

つづいて、奥女中の八重乃と会った。

「上さまが寛永寺に行かれるそうですね」

魚之進が訊いた。

「そうなのです。月浦どのも警戒に加わるのでしょう？」

「いや、その件はまだなんとも言われていません」

だが、そうなれば当然、町奉行所も警戒の一部を担当するだろうし、魚之進もなにがしかの用は言いつけられるだろう。

「大奥の外のことは、わたしどもにはどうすることもできません。月浦どのにすべておまかせします」

「え？　いや、わたしごとき同心ふぜいにおまかせいただいても」

「でも、食べ物の悪事の玄人《くろうと》なのでしょう？」

「そういうことになってますが、しょせんは下っ端ですし」

「可愛い」

八重乃はぽつりと言った。

「え」

「そんなふうに必死で謙遜する月浦どのは、たまらなく可愛い」

「か、か、可愛い……」

亡くなった母は別にして、よその女から、そんな言葉を言われたのは、生まれて初めてである。「変」とか、「気味が悪い」とか、「あっちへ行って」などは、さんざん言われてきたが。

「そ、そんなことより、八重乃さまに伺いたいことが……」

気が動転している。頭が白くなりかけている。いまは、なんとか話を逸《そ》らしたい。

「なんでしょう？」

八重乃は微笑んで訊いた。

「北大路魯明庵は、鬼役の毒殺のことは知っているのでしょうか？」

「ええ、知っているみたいでしたよ」

「大奥の内部の話をですか？」

それは異常だろう。

「でも、お年寄りの滝山《たきやま》さまと親しいので、そちらから聞いたのでは」

「滝山さま？」

初めて聞いた名である。

「闇鍋がお好きなのは？」

「ええ、滝山さまよ。もとから知っていたんだけど、おいしくできるコツを、魯明庵さまから教わったみたい」

「外の人間が、大奥のお年寄りと親しくなることなどできるのですか？」

「それは、あたしと月浦さんとだって、親しいのでは？」

「ええっ」

思わず声が上ずった。

「ま、あたしたちとはちょっと違うけど、もともと滝山さまは、尾張藩の方だったそうですよ」

「大奥に入る前から？」

「そうみたいです」

「外で会ったりは？」

「それは滝山さまも、代参ということで、寛永寺や増上寺《ぞうじょうじ》などにお出かけになることがありますから」

「ははあ」

「あたしと月浦さまも」

八重乃の目が熱を帯びている。

「…………」

魚之進は慌てて目を逸らした。

大奥というところは、やはり奇人が多い。こういうところにずっといると、奇人にならざるを得ないのだろうか。

これから奉行所で重大な打ち合わせがあると言い訳し、魚之進は疾風《はやて》のように大奥から退散した。

裃を着替えて町回りに出るため、いったん南町奉行所に入ると、ちょうど同心部屋にもどっていた十貫寺隼人が、

「あのあと、五右衛門鍋の件は調べてるのか？」

と、訊いてきた。

「いえ。十貫寺さんにも止められましたし」

そもそも北大路魯明庵の正体が、徳川元春だということを教えてくれたのも、十貫寺だった。魚之進に向かって、「この件は無しだ」とまで言ったのである。

「まあな」

十貫寺は、微妙な顔で頰のあたりを撫でた。

「ただ、お奉行には報告しておきました」

「うむ。それはすべきだろう」

「なにか？」

と、魚之進は訊いた。十貫寺は、なにか迷っているふうである。

「いや。北大路魯明庵だがな」

「ええ」

「うちの嫁は、面識があるらしい」

「そうなので」

「茶会でいっしょになるらしい」

「ははあ」

十貫寺の嫁は、越後屋《えちごや》の三井《みつい》の一族である。兄の波之進も、同じ八丁堀の同心の家からではなく、日本橋の大店《おおだな》の娘をもらった。だが、十貫寺の嫁は、大店といっても格が違う。向こうは、日本一の豪商である。

「お前には手は出せまいが、おれならやれることがあるかもしれないな」

十貫寺隼人の目が輝き出している。

魚之進は、さっき見た大奥の八重乃の目の輝きに似ているような気がした。

七

夕方の七つに麻次が奉行所にやって来た。

「どうだった、向こうの動きは？」

深川の尾張藩邸である。

「ええ。すでに市川さまが手配した岡っ引きたちが見張ってまして、なんの動きもないみたいです」

「そうか。じゃあ、おいらたちは千成の見張りだ」

と、築地の明石町にやって来た。

本田といっしょに跡をつけたことや、酒をこぼす目的についても、麻次に伝えた。

「あのあるじの面《つら》を見てると信じられませんがね」

「まあな」

いまは夕方の仕込みどきらしく、裏手のほうで板前たちが忙しく働いている。

そのわきで、この前、犬を連れ歩いた男が、かぼちゃを食っている。

魚之進と麻次は、繋留《けいりゅう》してあった舟に乗り、これから道楽の釣りに出るようなふりをしながら、男のようすを見た。

「寅吉《とらきち》さんて、かぼちゃが好きなのね」

と、漬け物を洗っている女中が訊いた。

「ああ。大好きだよ。飯のかわりに食ってるからな」

「おまんまよりうまいかい？」

「ああ、うまいねえ。おれは夏になると、かぼちゃが食えるから嬉しくてしょうがねえや。夏野菜はナスにキュウリだなんてやつがいるが、おれに言わせりゃとんでもねえ。かぼちゃこそ、夏野菜の石川《いしかわ》五右衛門だ」

「石川五右衛門？」

「一番てことさ。へっへっへ」

このやりとりに、魚之進と麻次は、顔を見合わせた。

一番を石川五右衛門で表すというのも、普通ではない。

「でも、かぼちゃって、冬場も食べるよね。冬至かぼちゃとか言うだろ」

女中がさらに言った。

「ありゃ、晩生《おくて》のやつだろうな。夏、秋、冬とかぼちゃが食える。でも、春は食えねえんだ。すると、おいらは力がなくなり、春のあいだはおとなしくしてるのさ」

「へえ。ふつうは春になると活気づくのにね」

「まったくだ」

このやりとりを聞いて、

「かぼちゃって、食うと夜目が利くようになるって言うよな」

と、魚之進は麻次に言った。

「ああ、聞いたことありますね。でも、ほんとなんですかね」

「ほんとなんだ。おいらは身をもって体験してるからね」
三、四年前、どうも夜歩くときに、暗がりが見にくいと思えるときがあり、通説と思っていたかぼちゃを試すことにして、ひと月ほど、毎日、かぼちゃを食いつづけた。すると、明らかに夜目が利くようになった。それを兄の波之進に話すと、
「それはいいことを聞いた」と、夜番の前は、かならずかぼちゃを食うようにしていた。

「じゃあ、あいつもさぞかし夜目が利くんでしょうね」

「そういう盗人はいないかい？　やたらと夜目の利くやつ」

魚之進がそう言うと、麻次はハッとなって、

「いますよ」

「誰？」

「三日月小僧《みかづきこぞう》ってのがそうです。月明かりがほとんどねえ三日月の夜でも、まるではっきり見えているみたいに盗みをするんです。ただ、この四、五年はおとなしくしてますぜ。死んだんじゃないかというやつもいるくらいで」

「上方にでも行ってたんじゃないのか」

「上方に？」

「それで、相場師双太郎と親しくなった」

「それがあいつ？」

麻次は意外そうな顔をした。

「ああ」

「いやあ、三日月小僧ってのはとんでもねえ野郎でしてね、残虐な殺しも平気でするような野郎ですぜ。あんな、へらへらしたのとは違うでしょう」

「だが、双太郎だって、悪党には見えないぞ。見かけはまるで想像と違う悪党同士がくっついたんじゃないか。なにがきっかけだったかは知らないけどな」

魚之進がそう言うと、麻次はしばし考え、

「なるほど、そういうことってあるかもしれませんね」

「だろう？」

「悪党が好む飲み屋とかってあるんですよ」

「ほう」

「裏通りにあって、安くはないんだけど、なんとなく目立たずにうまい酒が飲めて、あるじだの女将だのが、秘密を守ってくれそうなんです」

「なるほど」

「江戸にもいくつかありますよ。当然、大坂にもあるでしょう」

「だろうな」

「そういうところで、たまたまいっしょになった。見た目は、まったく悪党そうには見えない。でも、悪党同士というのはわかるらしいですよ」

「へえ」

「何度か顔を合わせるうちに意気投合したってことはあるかもしれません」

「うんうん」

魚之進も、最初はまさかと思っていたが、だんだん的を射たような気になってきた。

「大名屋敷を狙ってるんですね」

麻次もすでに本気の顔である。

「たぶんな」

「どこですかね」

「いくつか目をつけて探っているんだろうが、やっぱり大藩のほうが金も持っていると考えるんじゃないか」

「とすると」

「ここらはいろいろあるぜ。土佐藩や阿波藩の下屋敷もあれば、彦根藩《ひこね》の蔵屋敷もある。土佐藩と阿波藩の藩士は、あそこに来ていることはすでにわかっている」

「彦根藩士だって来てるかもしれませんよ」

「ああ。ただ、土佐藩邸も、彦根藩邸も、周囲は武家屋敷ばっかりじゃないか？」

「あ、そうですね」

「だが、阿波藩邸は、町人地と隣接してる。どっちが忍び込みやすいと思う？　おそらく犬もいっしょに入り込むんだ」

「忍び込むのにはたいして違いはないでしょうが、見つかって逃げるときは、町人地のほうが逃げやすいんじゃないですか」

「だよな。おいらもそう思う」

阿波藩邸に見張りをつけることにした。

八

魚之進は奉行の私邸を訪ねて、筒井にこれまでの推察を語った。

筒井は一通り話を聞くとすぐに、

「月浦、よくやった」

と、膝を打った。

「いえ、お奉行の指示があったからで」

「しかも、三日月小僧までいっしょに捕縛できるかもしれぬ」

「まだ、はっきりとは」

「いや、大丈夫だ。千成を見張らせよう。人手が要るな。赤塚専十郎《あかつかせんじゅうろう》と十貫寺隼人にも協力させよう。あの二人が動かしている岡っ引きたちも総動員させるのだ」

奉行の命令が下った。

千成側も機が熟していたのだろう。見張り始めて三日目の晩に、連中は動き出した。

魚之進は、役宅にもどったところを、奉行所の中間《ちゅうげん》から報せがあり、築地へ駆けつけた。麻次は見張りの一員になっていて、現場で顔を合わせた。

「もう、なかに入ったのか?」

魚之進は訊いた。

塀の外には、数十人の町方が、息をひそめて待機している。忍び込ませておいて、出て来るところを捕縛するという策を取ったのだ。

「ええ。しかも、あるじのほうもいっしょですよ」

　と、麻次が言った。

「二人で忍び込んだのか？」

「それと犬も」

「ははあ」

なかのようすは想像がつく。犬に臭いを嗅がせて金庫のある場所へ行き、そこから金を盗み出そうというのだろう。

赤塚と十貫寺が待機しているところに近づいた。

「おう、月浦。そろそろ出て来るぞ」

　と、十貫寺が言った。

「ここから入ったのですか？」

「ああ、梯子《はしご》をかけてな。それで向こうに梯子を落とした。先がすこし見えてるだろう」

「はい」

しばらくして、その周辺の樹木がざわついた。

「来るぞ」

十貫寺が囁《ささや》いた。

梯子を上って、黒装束の男が現われた。犬を抱えている。犬の口には輪が嵌《は》めてある。吼《ほ》えたりさせないためだろう。

つづいて、やはり黒装束がもう一人。そっちは千両箱を担いでいる。しかも、二つ。二千両を盗み出したのだ。

向こう側の梯子を引っ張り上げ、こっちに下ろした。それからすばやく下りてきたところで、

「御用だ」

赤塚より先に、十貫寺が声を上げた。

声と同時に、後ろに潜んでいたがんどうや御用提灯《ちょうちん》を持った捕り方たちが、どどっと駆け寄って来た。

「げっ」

「神妙にしろ」

「誰が神妙になどするもんか」

二人は、懐から匕首《あいくち》を取り出し、こっちににじり寄ろうとした。

魚之進も緊張し、刀に手をかけた。

「ほらほら」

二人は、町方に向かって、突き刺すようにしたり、振り回したりする。

相場師双太郎は、荒事はしないと聞いていたが、なかなかすばやい動きである。

だが、こういうときはやはり十貫寺隼人が腕の冴えを見せる。

「馬鹿者めが」

サッと剣を抜き放ち、暗闇を二度、小さく切り裂いた。

「ううっ」

たちまち、二人の動きが止まった。腕を浅く斬っただけで、抵抗できなくさせた。

「それっ」

と、捕り方が二人を縛り上げる。

「おい、月浦。犬もお縄にしろ」

十貫寺が言った。

「犬も？」

可哀そうという顔をしたのがわかったらしく、

「証拠としてお白洲《しらす》に連れ出すのだ。なあに、打ち首にはせぬ」

魚之進は、何度か犬に噛《か》まれたが、どうにか縄を巻きつけた。

「そうだ、魚之進。お奉行がな、お前を手伝えとさ」

こんなどさくさの時に、十貫寺は思い出したように言った。

「手伝う？」

「北大路魯明庵だよ。なにか、とんでもないことをしでかそうとしてるんだろう？」

「とんでもないこと？」

と、魚之進はとぼけた。

十貫寺にも言えない。

「なにかはわからねえが、おれの力が必要なんだろう」

たぶん、大手柄になると思って、十貫寺のほうからお奉行に頼んだのだろう。

派手好きな十貫寺らしい。

だが、北大路魯明庵の陰謀を食い止めるには、十貫寺は大きな力になってくれそうだった。

「よろしくお願いします」

と、魚之進は頭を下げた。

さて、相場師双太郎と三日月小僧だが——。

お白洲に出す前に、吟味《ぎんみ》方与力《かたよりき》たちによって詳しい取り調べがおこなわれるが、それはまるで手間がかからなかったらしい。二人はすっかり観念し、五年前のことから今度の計画に至るまでを洗いざらい語ったという。

やはり、二人は大坂で知り合っていた。ただ、飲み屋ではなく、とあるやくざの紹介で知り合ったのだそうだ。

それにしても、あれだけ商売のうまい男が、なぜ、悪事に手を染めなければならないのか、そこが魚之進には不思議だった。

翌朝、同心部屋で、

「なんなんでしょうか」

と、魚之進がつぶやくと、十貫寺は吟味方からすでに聞いていたらしく、

「双太郎が言うには、真面目にこつこつやって儲けるなんてのは、馬鹿でもできる。そんなのはつまらないんだとさ。人の裏をかき、たまげるほどの銭を積み上げてこそ、この世は面白いんじゃないですかと、そうほざいたそうだぜ」

と、双太郎の居直ったような台詞を教えてくれた。

「はあ」

魚之進のように、望みは小さく、ゆるく、細々と生きていくのが幸せと思っている人間には、なんとも計り知れない人生観だった。

第三話　伊賀《いが》忍者料理

一

月浦魚之進は、奉行所から帰宅の途につこうとしたところで、奉行の筒井和泉守に呼ばれた。

――なにか、しくじりでも……。

褒められるより、叱られるほうを想像してしまう。他人からはのんきそうだと言われるが、それは何をするのものろまだからで、けっこうおどおどしながら生きているのだ。

「お呼びだそうで」

緊張しながら、奉行の部屋に入った。

「うむ。じつはな、わしの昔からの知り合いが、小網町《こあみちょう》に新しく料理屋をつくってな」

「はあ」

「来てくれと言われているが、忙しくてなかなか行けない。そなた、わしの替わりに行ってやってくれ」

「お奉行の替わりですか」

「一人で行きにくければ、誰か誘ってくれてもよいぞ」

「何か怪しかったりするのでしょうか？」

魚之進が訊くと、筒井は笑って、

「そうではない。相場師双太郎の件の褒美のようなものと受け取ってくれ」

「畏れ入ります」

「そなたはいつも変なものを優先して食べているのだろう。たまには、正統派のうまいものを食べさせてやろうと思ってな」

「ありがとうございます」

安心して、奉行の部屋を後にした。

最初、麻次を誘ってやろうかと思ったが、どうもかなり洒落《しやれ》た料理屋らしい。そういうところは、麻次は好きではないのだ。

――義姉《ねえ》さんを誘ってみようか？

また、おのぶもと言われるかもしれないと思いつつ訊いてみると、

「あら、お奉行さまからのご褒美なの。だったら、ごいっしょさせてもらうわ」

と、誘いを受けてくれた。

翌日の夜――。

小網町は日本橋川の向こう岸になるが、三丁目なので、八丁堀の役宅からは箱崎《はこざき》経由で橋を三つ渡ればすぐである。

「あ、ここですね」

入り口の地面に、小さな行灯《あんどん》が置いてあり、〈ささやき屋〉と書いてある。

「ささやき屋？　なんだか、秘密っぽい名前ね」

と、お静は笑った。

なかは、いくつか個室があるだけらしい。広間はないので、飲み屋のような騒がしさはまったくない。

いかにも高級そうな料理屋で、お奉行から言われなかったら、まず足を踏み入れることはなかっただろう。

四畳半の部屋に通された。禅の修行にふさわしそうな、狭いけれど清潔な部屋である。

向かい合って座る。部屋の奥には窓があるが、障子戸が閉じてあるので、外の景色に目をやることもできない。

仲居が一品ずつ料理を運んでくる。

とくに変わった料理ではないが、見た目から味まで、丁寧に仕上げているのがわかる。

箸をつけるたび、

「ああ、おいしいわ」

と、お静が感激する。

酒も一本ずつ頼んだ。

ちびちび飲みながら、

「そういえば、大粒屋《おおつぶや》のほうはどうです？」

と、魚之進は訊いた。市川一角にまかせたら安心してしまい、あまり気にしていなかった。

「市川さまが見張ってくださるので、このところ、脅しもなければ、怪しい男もいないそうです」

「それはよかった」

「でも、あの下っ引きの方が殺された件は……」

「ええ」

へらへらの万吉《まんきち》が殺された件である。そっちはなにも進んでいないらしい。

おそらく咄嗟《とっさ》にやったことなのだ。そういうのが、逆に、手がかりは少ない。しかも、動きを止めさせてしまったため、調べも進まなくなった。

だが、万吉の仇《かたき》は、ぜったい討ってやるつもりである。向こうもこのまま終わるつもりはないような気がする。よほど強い恨みがあるはずで、万吉を刺したことでそれが解消したわけではない。

煮豆を箸でつまみながら、

「そういえば、イボのことなんですが」

と、魚之進は言った。

「ねえ、そんな話はもうやめましょう」

「あ、まったくです」

うまいものを食いながら、捕物の話など野暮というものである。しかも、煮豆とイボは駄目だろう。

「それより、近ごろ何か、凝ってることはないの？」

と、お静が訊いた。

「凝ってること？」

「魚之進さんは、子どものころから、誰も目を向けないようなことに興味を持って、道楽みたいに調べたりしてたって、波之進さんが言ってたわよ」

「ああ」

いまは発句《ほっく》をいっぱいつくろうと思っているが、なかなか数がつくれずにいる。仕事に夢中で、道楽に身を入れる暇はない。

「拾ったりは？」

「あれは、もうしてませんね」

そういえば、道端でいろんなものを拾ったりしていたこともある。同心になったら、さすがにみっともないので、やめてしまった。

「面白いのに。そういうところが、謎の解決につながるんだと思うわ」

「そう言ってもらえると、嬉しいんですが、変なやつと思われることも多くてね」

自分では、変なやつではないつもりでいる。

何番目かに、焼いたタケノコが出てきた。

それは、笹《ささ》でくるんでから焼いたらしく、焦げた笹の葉も、残っていた。

これまでは手の込んだ料理が出ていたが、これは単純な料理である。だが、口に入れて嚙んでみると、さっぱりして、森の爽やかさを感じる味になっている。

客の反応を窺うようにしていた仲居に、

「これはうまいね」

と、魚之進は言った。

「うちの自慢のひとつなんです」

仲居は微笑んだ。

「でも、タケノコの季節じゃないですよね？」

と、お静が訊いた。確かに、タケノコはもう、見上げるほど立派な竹になっている。

「そこはいろいろ工夫がありまして」

仲居は肩をすくめた。

いくつも産地を分けているか、あるいは塩漬けにしたりしているのだろう。

「もしかして、店の名前は、笹焼きにかけたのかい？」

魚之進は膝を叩いて言った。

「よくおわかりですこと」

仲居がうなずいた。

「魚之進さん、凄い」

お静が感心した。

「なあに、駄洒落《だじゃれ》でしょうよ」

とは言ったが、お静に褒められればやはり嬉しい。

そこへ、店主が挨拶に来て、

「お奉行さまにはお世話になってます」

と、魚之進にまで丁寧に挨拶をした。

歳《とし》は四十代くらいか、きりっとして、剣術使いのようである。いかにもお奉行が気に入りそうな感じがする。

「じつにおいしい料理だと、伝えておきます」

魚之進は約束した。

「よろしくお願いします。それにしても、ご新造《しんぞう》さまも、お酒がお強いですな。お顔の色がぜんぜん変わりませんね」

店主が引き上げる前に、なにげない調子で言った。

「あら、そうですか」

ご新造さまという言葉に気を悪くしなかったかと、魚之進はそっとお静の顔を窺った。

とくに表情は変わっていない。

――間違えられても平気なのか。

それは、魚之進の気持ちを受け入れてくれたということなのか。

だが、それからお静は無口になった。

そうなると、魚之進も間が持てなくなった。

二人で黙々と食べた。

あんなにおいしかった料理の味が、まるで感じられなくなった。

料理が終わりになるころ、お静の視線が魚之進の肩の後ろあたりに張り付いたようになっているのに気づいた。

振り向いても、そこにはなにもない。白々と壁があるばかりである。

だが、魚之進は、思い当たることがあった。

「来てますか？」

と、訊いた。

「…………」

お静は黙ってうなずいた。

死んだ兄貴が来ているのだ。お静にしか見えていないが、兄貴は本当に来ているのだと思う。

兄貴はどんな顔をしているのだろう。たとえ兄貴が死んでも、二人の気持ちはつながっているのか。やはり、お静を誘ったりしてはいけなかったのかもしれない。切ない気持ちがこみ上げ、魚之進は俯《うつむ》いて、最後の献立は苦行に耐えるみたいな気持ちで食べ終えた。

二

翌日——。

魚之進と麻次は、本郷《ほんごう》から根津《ねづ》界隈の食い物屋のようすを見て回ったあと、上野《うえの》の広小路《ひろこうじ》あたりにさしかかった。

ここらも、両国や浅草の奥山ほどではないが、かなりの人出で賑《にぎ》わっている。むしろ、武士の数はこちらのほうが多く、武具屋の存在も目立っている。食い物屋は、両国や浅草に比べると、少ないかもしれない。

「旦那。妙な看板が」

麻次が気づいて指を差した。

広小路から下谷《したや》のほうに入った道である。

民家ふうの一軒家のわきに、夜は行灯にもなるらしい縦が三尺ほどの看板が出ていて、

〈伊賀忍者料理〉

と書かれてある。明かりが入らなくても、墨痕《ぼっこん》鮮やかに描かれたその文字は、よく目立っている。

「忍者料理って、なんだろうな？」

「忍者ってなんです？」

麻次は忍者も知らないらしい。確かに町人は、忍者などとは縁がないのだ。魚之進ですら、忍者の知り合いはいない。

「隠密《おんみつ》は知ってるよな？」

「旦那がそうでしょ？」

麻次は不思議そうに言った。

たしかに味見方は、町回りでも黒羽織に着流しというおなじみの恰好はせずに、目立たぬ恰好で江戸の町を探る隠密回り扱いになっている。

「まあ、そうなんだが、おいらの場合は、隠密と言っても、敵国に潜入したりするわけじゃないからなあ。伊賀組とか、甲賀《こうが》組は知ってるかい？」

「聞いたことはあります」

「その伊賀とか甲賀とは、もとは京都の近くの地名なんだけど、そのあたりには忍びの術を使う部族がいっぱいいて、戦国のころ、ずいぶん活躍したらしいんだよ。忍びの術を使う忍びの者が忍者だよ」

「なるほど」

「それで、その忍者のうち、家康《いえやす》公に尽くした人たちが、徳川家の家臣になったというんだけど、昔の話で、いまはどうなんだろうな。やっぱり、忍びの術の稽古などは怠らないのかもな」

そのあたりは、本田伝八のほうが詳しい。本田は剣術の腕がなかなか上がらないとき、忍術の道を志したこともあるのだ。

「それで、そういう人の料理なんですか？」

「なのかね？　なんか、わからねえよな」

ふっとカエルを使った料理が思い浮かんだのは、児雷也《じらいや》からの連想かもしれない。児雷也は、カエルの背に乗って現われる芝居の登場人物だが、はたしてあれが忍者なのかは疑わしい。

「怪しいですね」

「まあな」

「食ってみます？」

「そうだな」

味見方としては、やはりそうすべきだろう。

民家ふうの家の戸を開けると、

「いらっしゃいませ」

と、黒っぽい着物と袴を着た娘が言った。

「くノ一なの？」

魚之進は訊いた。

「いちおう」

娘は肩をすくめ、舌を出した。

「いちおうかい」

娘は、どこでも好きなところに座ってくれというように、手のひらを座敷《ざしき》全体に向けた。

がらがらである。わずかに町人の三人連れが、手前の席にいるだけで、ぜんぜん流行っていない。

廊下の奥には個室もあるみたいだが、ふさがっているようすはない。

二十畳ほどの部屋の真ん中に座った。

「気をつけろ。天井が落ちてきたり、畳がひっくり返ったりするかもしれないぞ」

「え」

麻次は怯《おび》えた顔で、天井や畳を見た。

「冗談だよ。本物ならともかく、まるで忍者屋敷には見えないよ」

さっきの娘がそばに来たので、

「品書きは？」

「とくにないんです。お膳は決まってるので」

「じゃあ、伊賀忍者料理というやつを」

「はい。お酒は？」

「変な術をかけられるとまずいので、今日はやめとくよ」

「ふふっ。そんなことはないんですけどね」

と、娘は笑いながら下がって行った。

「旦那。さっき、あの娘に、くノ一なの？　とか訊きましたよね。くノ一ってなんです？」

「その筋の符牒《ふちょう》で、女の忍者のことをくノ一って言うんだと。ほら、女という字を書くとき、くノ一って書くだろ」

魚之進は、手のひらに指で書きながら言った。

「あ、ほんとだ」

「それで、男は田力《たぢから》なんだと。笑っちゃうよな」

しかも、あの娘はどう見ても、くノ一ではなさそうである。

「お待ちどおさまです」

そうは見えないくノ一が、お膳を運んで来た。

料理が五つほど載っている。

「ご飯と汁と漬物が、あとで来ます」

「ふうん」

見ると、栗《くり》のイガのなかに、ウニが入っている。

ウニのイガのなかには、甘栗《あまぐり》。なんのことはない、中身を交換しただけである。

豆腐かと思って、箸でつついたら、カマボコだった。

刺身みたいなやつは、豆腐とコンニャクだった。

大きめの椀《わん》がある。

「これは？」

　蓋を開けるとなにもない。

「なんだい、この料理は？　なかになにも入ってないじゃないか」

　くノ一に声をかけると、

「蓋を閉めて、もういっぺん開けてみてください」

　すると、卵焼きが現われた。

「え？」

「ね」

　くノ一は、自慢げにほほ笑んだ。

　お椀をよく見ると、上蓋《うわぶた》が回転する仕掛けで、なかに卵焼きが隠してあったのだ。たいした仕掛けではない。

　どれもふざけたみたいな料理である。子どもなら喜ぶかもしれないが、大人が喜ぶほどの機知や諧謔《かいぎゃく》はない。

　味はごくふつう。まるで変わったところはない。

　こんな店、江戸っ子が面白がるだろうか。

　茶飯《ちゃめし》のお椀などを運んできたくノ一に、

「これは誰が考えたんだい？」

と、魚之進は訊いた。

「戯作者《げさくしゃ》の北海道蝶丸《ほっかいどうちょうまる》さんという方です。ほら、あそこに座っている人です」

最初からいた二人組で、派手な着物を着たほうがそうらしい。

「北海道蝶丸？　売れてるのかい？」

「そこそこ売れてるみたいです。二十作くらい、出版されてますよ」

「どんなの書いてるの？」

「あたしが読んだのは、『天竺徳兵衛《てんじくとくべえ》浪速噺《なにわばなし》』ってやつでした」

「いかにも二番煎じだな。面白かったか？」

「そこそこ」

「それもそこそこかい」

「挨拶なさいます？」

「いや、いいよ」

魚之進は、慌てて手を振った。「どうです、うちの料理は？」なんて訊かれても、お世辞の言いようがない。

食べ終えて、そそくさと帰ることにした。

代金は、一人前が八十文（約千六百円）。卵焼きや、ウニ、大きめのカマボコなどもあったので、決して高くはない。

が、わざわざ通うやつはいないのではないか。

店を出て、

「ここ、やってけますかね？」

と、麻次が訊いた。

「いやあ、ひと月持ったらいいほうだな」

魚之進は断言した。

三

三日後——。

魚之進は、またも奉行の筒井和泉守に呼ばれた。

要件はなんとなく想像がつく。案の定、

「上さまの寛永寺参拝が正式に決まったぞ」

と、言われた。

「いつでしょう？」

「来月の三日だ」

「三日ですか」

ということは、あと十日しかない。もちろん、お城のほうで充分、準備をしたうえで、町方に報せてきたのだろう。

「もちろん南北の町奉行所も警備を担当する」

「は」

将軍が江戸市中に出かけるときは、いつも駆り出される。

「われらは、境内全体の見回り警備を、およそ二十人が受け持つことになった」

「境内ですか」

「そなたは別だ。味見方ではとくに、寛永寺の厨房《ちゅうぼう》の警戒を担当する」

「わ、わたし一人で？」

魚之進は、焦って訊いた。

「あっはっは。そんなに焦るな。そなた一人に責任を押し付けるわけではない。お城からも大勢、厨房のほうを担当する。それと、十貫寺がぜひ本場の警備にと言っておった。なので、十貫寺とも協力してくれ」

「はあ」

　魚之進の返事が煮え切らなかったので、

「どうした？　十貫寺ではやりにくいか。手足のように使える者のほうがよいか？」

　と、筒井は訊いた。

「いえ、そんなことはないのですが……」

　本田伝八の顔が浮かんだ。

「じつは、養生所回りにいる本田伝八ですが」

「本田……」

　お奉行は首をかしげた。顔が思い浮かばないらしい。

「わたしの幼いときからの友人で、食い物にもかなり詳しくて、自分でそばを打ったり、鮟鱇《あんこう》をさばいたり、菓子をつくったりもできます」

「ほう」

「あいつが味見方として手伝ってくれると……」

「心強いか？」

「ええ、まあ」

咄嗟に料理ができるというのを持ち出したのは、成功だったかもしれない。

ただ、心強いというのとは、ちょっと違うかもしれない。楽しいというか、つらいときでも気が紛れるというか、その程度だろう。それに本田の養生所回りから抜け出たいという願望を聞いてしまったので、なんとか手助けしてやりたい。

「そなたの幼なじみならまだ若かろう。それが養生所回りにいたか。あそこは歳のいった者のほうがよいのだがな」

「本田もそう言ってました」

「よし。ちと、異動を考えてみよう。わしも味見方にはもう一人置いてもいいかと思っておったのだ」

「お願いします」

「それで、寛永寺もすでに上さまをお迎えする支度を始めているはずだ。月浦もいまからよく見ておいてくれ。すでに、そなたが行くことは伝えてある」

すぐに麻次とともに寛永寺へ向かうことになった。

正確には、東叡山《とうえいざん》寛永寺円頓院《えんどんいん》。

その境内は広大である。

上野の山全体が寺領《じりょう》と言っていい。確か、比叡山《ひえいざん》に見立てて、この寺を造営したと聞いた。不忍池《しのばずのいけ》は琵琶湖《びわこ》なのだと。琵琶湖にしては可愛らしいが、堂宇の威容は、比叡山にひけをとらないという。

広小路のほうから黒門をくぐって坂を上って行く。

もちろん、来るのは初めてではない。不忍池のほうは、お花見のとき来たことがあるし、下谷側の塔頭《たっちゅう》にも来た。だが、こんなふうに境内全体を見て回るのは初めてである。そこらじゅうに立っている石灯籠《いしどうろう》は、どれもとんでもない大きさである。石灯籠まで拝みたくなるくらいだが、そんなことをしていたら、きりがなくなる。

「旦那。将軍さまはどこにお入りになるんです？」

麻次が訊いた。

「まだわからねえよ。訊かなきゃな」

いかめしい門をいくつかくぐって行くと、本堂が現われた。

「あれじゃねえですか？」

「そうかもな」

お城から来た警護の武士らしき男に、

「町方の者で、上さまがお成りの際の厨房の警護を担当するのですが、厨房はどちらになりますか？」

「厨房だと？　それは本堂の裏のほうだろう」

「まだ、裏があるんですか」

「そうみたいだ。本坊と言って、なかは迷路のようらしい。わしも行ってはおらぬが、一度入ると、もどって来られるか、わからないらしいぞ」

「ははあ」

脅されてしまった。

だが、行かざるを得ない。

警護の人出が増えてきた。

「ここですね」

「だろうな」

一目で町方とわかる一団もいた。なんとなくざっかけない雰囲気が漂っているのだ。そのなかに、市川一角もいた。

「お、月浦、来たか」

「市川さんもここの警護ですか？」

「なあに、わしらは本堂の周囲の、そのまた回りを見張るだけになった。厨房があるあたりなんぞは担当外だ。月浦はそっちだろう？　大変だな」

「ええ、まあ」

「上さまもこのなかを動かれるらしいぞ」

「そうなので？」

「清水堂《きよみずどう》から不忍池をご覧になりたいということでな。まず、そちらにお入りになるらしい」

「そこで、お茶などは？」

「当然、出されるだろう。菓子もつけるかな」

「ははあ」

そこも警戒すべきだろう。だが、魚之進はいまのところ、そちらについては何も言われていない。

「それから東照宮《とうしようぐう》に参拝なされる」

「あ、東照宮がありましたね」

東照宮は、日光《にっこう》のものばかりが有名だが、じつは全国至るところにある。徳川家への忠誠を誓う証拠みたいに分祀《ぶんし》されたのだ。寛永寺にもあれば、江戸のもう一つの徳川家の菩提寺《ぼだいじ》である芝《しば》の増上寺の境内にもある。

将軍が寛永寺に来れば、東照宮への参拝は欠かせない。

「東照宮でもお茶を？」

「いや、それはあるまい。それから、こちらの本坊に入られ、ご昼食を召し上がるという段取りだ」

「そうでしたか」

「月浦は、町方の代表だ。しっかり頼むぜ」

「はい」

と、うなずいてから、お静の話を思い出し、

「そういえば、大粒屋の見張りに岡っ引きを大勢動かしていただいているそうで、ありがとうございます」

礼を言った。

「大勢？　いや、大粒屋は牛蔵《ぎゅうぞう》という岡っ引き一人に見張らせているだけだぜ。牛蔵の下っ引きが三人ほどいるけどな」

「そうですか」

岡っ引きと下っ引きの区別がついていないのかと思ったが、お静は同心の妻だっ

たのだ。それくらいはわかるはずだが。

——なにか、おかしい……。

そう思ったが、市川が北町奉行所の与力に呼ばれて行ってしまい、魚之進もその話はそれきり忘れてしまった。

本坊は、なかには入らず、外側を回ると、厨房のあたりに出た。

「ここですね」

麻次はそう言って、身なりを整えるように着物をはたいたりした。

厨房では、七、八人の坊主が、忙しく料理をつくっている。

すでに、どんな料理にするのか、検討を始めているに違いない。

警護の武士も数人いて、社家権之丞の姿も見えた。

「社家さま。お疲れさまにございます」

と、魚之進は挨拶した。

「お、月浦か」

「こちらにご出張でしたか？」

「うむ。ここの毒見も仰せつかった」

「そうですか」

「昨夜《ゆうべ》は妻と水盃《みずさかずき》だ」

「水盃……」

大げさなような気もするが、それほどの覚悟と受け取っておきたい。

「妻も泣いてな」

「ええ」

「すると、その妻が愛《いと》しくてな」

「はあ」

「なにせ、二十三も歳の離れた妻なもので、寡婦《かふ》にすると思ったら、つい燃えてしまってな」

「燃えて……」

「明け方までだよ。おかげで今日はへとへと」

「…………」

なんの話をしてるのだろう。

「そんなことより、上さまのお昼食だ」

「そうです」

「いま、坊さんたちが当日、お出しするものをつくっておる」

「そうみたいですね」

「わしらも食べて、ああしろこうしろと指図することにはなっているのだがな」

「わたしは？」

「そなたは見るだけでよいだろう」

「はあ」

できれば食べてみたいところである。どれに毒を仕込みやすいか、かなり見当がつくはずなのだ。

「食うのも大変だぞ」

「でも、お寺なのだから、簡素なものになるのでは？」

「そんなこと、あるわけがないだろうが。簡素に見えても、じつは贅《ぜい》を凝らしたごちそうを用意するのよ。上さまも、それがお望みなのだ」

「ははあ」

それは毒見も大変そうである。

魚之進は厨房全体を見回して、

「しかし、広いですね」

と、言った。土間と、板の間に分かれているが、合わせて五十畳分はあるのではないか。

「本坊のなかに入ったら、もっと凄いぞ。方角すらわからなくなる。ま、お城と似たようなものか。曲者《くせもの》も、これでは何もできまい」

「いや、逆に守る側がわからないので、警護は手薄になりますよ」

「そういうものか」

社家の顔が青ざめた。

「ええ」

「では、わしはお陀仏《だぶつ》だな」

社家の上半身がフラッとした。

「いや、まあ、そう悲観なさらずとも」

魚之進は、社家を支えるようにしながら言った。

四

寛永寺の帰り道である。

上野山を下り、広小路に差しかかると、脇道にある例の伊賀忍者料理の店から

四、五人の連れの客が出て来たところだった。
「あれ？　客が来てたみたいですね」

「ほんとだ」

しかも満足げな顔をしていた。

「のぞいてみます」

と、麻次が店のなかを見て来て、

「いっぱいでしたよ」

と、言った。

「え、ほんとかよ」

意外である。

魚之進は、確信を持って、早々とつぶれると思った。

味見方なのに、予測を外したと思うと、悔しい気がする。

「食べます？」

そういえば、そろそろ昼飯どきである。

「いやあ、今日はふつうの飯にしようよ」

周りを見渡すと、伊賀忍者料理の前がそば屋だった。

った。

「そばにしよう」

と、なかに入ると、おやじが窓のところで前の伊賀忍者料理を見ているところだった。

「どうかしたのか？」

魚之進はおやじに訊いた。

「いえね、前のあの変な店、早々につぶれるだろうと思ってたんですが、意外に流行ってるんですよ」

おやじも同じ予想をしていたらしい。

「そうなんだ」

「常連がついてましてね」

「もう、常連が？」

「ええ。いま入った女の三人連れは、昨日も来てたし、その前もです」

「女はああいうの、好きなのかね」

「いや、女連れだけじゃないです。男の常連のほうが多いですよ」

「ふうん」

おやじがいる窓の近くに座った。

この店は、ずいぶん広い。土間に縁台を並べたつくりだが、二十ほどある縁台に座っているのは、二ヵ所に一人ずついるだけである。なまじ広いだけに、閑散としている。

「どうも、噂を聞いて、伊賀の忍者たちが食べに来ているみたいですぜ」

と、おやじは注文も訊かずに、そんなことを言った。

「忍者が？」

魚之進は麻次を見た。

麻次は首をかしげた。

「いるんですね、忍者ってのは」

おやじは不思議そうに言った。

「そんなことないだろう」

「いや、あの様子は、ぜったい、秘密の仲間ですって」

「ふうん」

「あんなくだらねえ料理なのにね。上野に来たら、うちのそばでしょ」

「そうだよ、まずはそばだ」

と、魚之進は壁に貼られた品書きを見た。

三つの大きな貼り紙が目立っている。

〈上野名物　どじょうそば〉

〈上野山名物　花見そば〉

〈上野新名物　蓮根《れんこん》そば〉

上野にどじょうというのはぴんと来ない。花見そばというのは、なるとを花に見立てていっぱい散らしたものだという。それで、不忍池の蓮根は確かに名物だから、二人とも蓮根そばにした。

その蓮根そばが来た。

「ん？」

蓮根の穴の一つずつにそばが通されている。

「へっへっへ。蓮根とそばがいっしょに食えるという工夫でしてね」

おやじは自慢げに言った。

伊賀忍者料理とどっちがくだらないかというと、こっちのほうがくだらない。

蓮根とそばをいっしょに食いながら、窓から前の伊賀忍者料理の店を眺めた。

「泥棒の集まりですかね」

と、麻次がぽつりと言った。

「泥棒……」

たぶん、忍者と泥棒というのは、そう遠い存在ではない。大泥棒の石川五右衛門《いしかわごえもん》も、忍者だったと聞いたことはある。

「五右衛門鍋の替わりだったりして」

「それはないだろう」

だったら、もっと秘密めかしている。いくらなんでも、こんなにおおっぴらにはやらないだろう。

客がまた入った。五十前後の女の二人連れである。

「確かに悪党には見えないですね」

「見えないな」

「くノ一ってほうですか？」

「くノ一にも見えないよ」

だが、確かに秘密めいた仲間同士という感じはする。ここだとはっきり指摘することはできないが、単に飯を食うために通って来ているのではないかもしれない。

そのときである。

「あっ」

年寄りが大八車《だいはちぐるま》にはねられた。客ではない。たまたま前を通りかかっただけだろう。大八車を引いていた若い男たちも気がついたが、どうしたらいいかわからず、呆然《ぼうぜん》としている。

するとと、伊賀忍者料理の店の誰かが気づいたらしく、女中や板前たちが飛び出して来て、

「大丈夫かい」

と、介抱し始めた。あの戯作者の北海道蝶丸もいる。

「おっと、動かないほうがいい。いま、医者を呼ぶから、一通り診てもらってからにしなよ。治療費？　なに、つまらねえことを言ってるんだ。そんなことは心配いらねえ。うちで持ってやるよ」

「そんな」

婆《ばあ》さんは慌てて、手を振った。

「いいから、いいから」

戯作者がそう言うと、板前や女中たちもうなずき、呆然としている大八車の若者たちにも声をかけたりした。

「へえ。あの店の連中は、皆、いいやつみたいですね」

と、麻次が言った。

「うん。正義の味方のほうの忍者なのかもな」

魚之進は、首をかしげつつ言った。

五

翌日も寛永寺の打ち合わせに向かった。

本来であれば、今日は大奥に顔を出す日である。だが、寛永寺の件が無事に終わるまで、顔を出さなくていいことになったのだ。

さすがに将軍が立ち寄るとなると、警戒は厳重である。たいがいはその物々しさに圧倒され、なにかしようという気はなくなるのだろうが、本気でなにかしようと思った者にとっては、ずいぶん抜け穴だらけに思えるのではないか。

厨房に行くと、今度の上さまのお食事を担当する偉い坊さんから、

「月浦さん。こちらに」

と、手招きされた。

「なんでしょう？」

魚之進は土間に立ったままである。

「こちらは、やはり警備を担当する伊賀同心の服部《はっとり》さんだ」

板の間のほうに、若い武士が立っていて、魚之進を見た。

大奥で見たことがある。御広敷《おひろしき》というところにいて、お女中が客と話すのをじいっと見張っていたりする人ではないか。

「月浦です。よろしくお願いします」

と、挨拶した。

「御広敷番の服部洋蔵《ようぞう》です。こちらこそ、よろしく」

態度は大きくない。口元には、笑みもある。

だが、御広敷番を担当するのは伊賀組だし、名も服部ときたら、この人こそまぎれもない忍者なのではないか。

「なぜ、こちらに？」

と、魚之進は訊いた。

「うむ。いろいろあったではないですか。ほら、松武さまのことやら」

口調は丁寧である。忍者はむやみに偉ぶらないのかもしれない。

「はい」

やはり、かなりの事情を知っているらしい。

「鬼役も来てますしね」

「社家さまですね」

「そう。それで、わたしも駆り出されたというわけですよ」

「お女中なども？」

もしかしたら、八重乃も来ているのか。

「いや。女中たちは来ていません」

「そうですか」

「月浦さんのことは聞いてましたよ。町奉行所の味見方という職務だそうですね？」

「ええ」

「毒物にも詳しいとか」

「いや、まあ」

毒に詳しいわけではないが、このところ、寝る時間を惜しんで、毒についての文献——本草学《ほんぞうがく》や鉱物学の書物だが、それらに目を通したりした。

「まあ、大丈夫でしょう。ここまで警戒すれば、侵入するのは容易ではないはずです」

「そうでしょうか？」

魚之進は、とても楽観などできない。

「なにか気づきましたか？」

「たとえば、お坊さんたちは、だいたい似たような恰好をしてますね」

「そりゃあ、坊さんはね」

「しかも、皆、坊主頭です」

「ええ」

「あれって、見分けがつきませんよ。僧衣に坊主頭で曲者《くせもの》が来ても、どうやって見つけるのですか？」

「ほんとですね。こりゃあ、気を引き締めないとまずいですね。いや、警護の人数の多さに、つい油断していたらしい。さすがに町方ですな」

「いやあ、わたしなど、まだ駆け出しですから」

「いっしょですよ。わたしも駆け出しです」

服部洋蔵はそう言って、頭に手をやった。

どう見ても、のんびりしたいい人である。やはり忍者の翳《かげ》みたいなものは、まったく感じられない。

立ち去ろうともしないので、遠慮しながら、

「服部半蔵《はんぞう》さまのご一族で？」

と、つい訊いてしまった。

「いやあ、一族といっても、ずっと端のほうなんですよ」

「でも、忍者なんですよね？」

「わたしが？」

「家柄で言うと、ですよね？」

「そういうの、やったことないんですよ」

服部洋蔵は、ほんとに恥ずかしそうに言った。

「そうなので？」

「大きな声では言えませんが、先祖の服部半蔵だって、忍者だったかどうかわかりませんよ。まあ、伊賀者の頭領《とうりょう》だったのは間違いないでしょうが、忍者だったとは限らないと思いますがね」

「そうなので？」

意外である。この人が格別、変なのではないか。

「家に忍者の武器とかは？」

さらに訊いた。

「ないですねえ」

「秘伝書も？」

「見たことないです。おやじが秘密裏に集めた春画はずいぶんありますが」

「でも、お仲間のうちには？」

「親類には、御小人目付《おこびとめつけ》のほうに行った者はいます。だが、そいつが忍者だとか、隠密の仕事をしているとかは聞いてませんね」

「そうなんですか」

別に、秘密をごまかそうとしているふうにも見えない。

「ほんとにいたんですかね、忍者って？」

ついには、そこまで言った。

では、あの伊賀忍者料理の店に集まる客たちは何なのか。伊賀者である服部一族でさえなじみの薄い忍者というものを表看板にして、常連客がついた店の裏にあるものは……。

やはり、気になる存在だった。

六

魚之進は、本田伝八を伊賀忍者料理の店に誘ってみることにした。

今日はたしか非番だったはずだと顔を出すと、やはり砂糖の甘い匂いをぷんぷんさせながら、菓子づくりに励んでいた。

「お、月浦。どうした？」

「ちょっと付き合え。晩飯をごちそうする」

そう言うと、喜んでついて来た。

「この前、お奉行に推薦しといたぞ。味見方に回して欲しいと」

歩きながら言った。

「そうか。やっぱり、持つべきものは友だちだな」

「希望が通るかどうかは五分五分だな」

魚之進はひそかに、まず希望は通るだろうと思っているが、万が一、駄目になったときが可哀そうなので、それくらいにした。

「なんかドキドキしてきたな」

「おいらも、お前がいっしょに働くとなると、嬉しいよ」

「そうかあ」

「お前にも、あの爺《じい》さんの血が流れている気がするしな」

本田の爺さんは、町回りの同心だった。

しかも、詐欺で全財産を失った男のように、異常なくらい猜疑心《さいぎしん》が強く、町人たちに厳しい目を向けつづけたらしい。うちが町回りから外されたのは、その爺さんのせいだとも、本田は言っていた。

「それは嬉しくもあり、情けなくもあり、自慢しつつも恥ずかしいってとこだな」

「いや、あの爺さんは傑物だったよ」

魚之進は、その爺さんが残した猜疑日誌みたいなものを手掛かりに、事件を解決したこともあったくらいである。

「それで今日行くのは伊賀忍者料理というのを出す料理屋なんだ」

「伊賀忍者料理？　ああ、それだけでも嘘っ八とわかるよな。忍者なんかうまいものを食うなんてことは考えない。いかに少ない食糧で、ずっと隠れたりできるかとか、そっちのほうだぞ」

「だよな」

「しかも、おいらは忍者の技にはずいぶん失望したからな」

「やっぱりそうか。お前、あのころ、何も言ってくれなかったぞ」

「情けなかったんだよ。詐欺にあったみたいで。水蜘蛛《みずぐも》って術があってな、浮き輪や板を使った道具で水の上を歩くことができるというんだけど」

「できないんだ」

「いくら稽古してもできないどころか、溺れて死にそうになった。どうも、できもしないハッタリみたいな術で、そういうのがけっこうあるんだ」

「御広敷番をしている伊賀組の人にも聞いたのだが、服部一族の家ですら、忍者のことはほとんど知らないし、家伝秘伝の類いもないみたいだった」

「だろうな」

「じゃあ、あの料理屋に集まって来る人たちは、どういうんだろうな」

料理屋の前に来た。

「ここだよ」

「忍者屋敷らしくないな」

建物を眺めて、本田は言った。

「そうだろう」

今日も混んでいて、座れるまでしばらく待ち、なんとか壁際に二人の席をつくってもらった。

この前同様に、お膳が出てくる。

献立はまったく同じだが、本田の反応は魚之進と大違いだった。

「なるほど。イガの料理だが、中身がひっくり返っているのか。はっはっは。これは面白いなあ」

と、手を叩いて喜んだ。

「そんなに面白いかね」

カラのお椀から卵焼きが出てきたら、

「凄い仕掛けだ。これも面白いよ」

「そうかあ」

「流行るわけだよ、これは」

本田は感心しきりである。

「そうか。やっぱり冗談好きの人たちに喜ばれているだけか」

魚之進も自信がなくなってきた。怪しいと思ったのも、ただの勘ぐり過ぎだったのかもしれない。

だとしたら、あんな善良な人たちに悪いことをしたものである。

飯が出て、最後に手裏剣《しゅりけん》煎餅が出た。

「おみやげに持ち帰ってもいいですよ」

この前もそう言われた。

「いや、食べてしまおう」

本田が食べ始めたので、魚之進も食べようとしたが、

——ん？

なんとなく違和感を覚えた。

「これ」

魚之進はドキドキしてきた。

いい人たち。仲間うちの集まり。だが、なにか隠していることがある。

それらが、この煎餅のかたちに結集されている。

「なんだよ？」

本田はもう棒一本しか残っていない。

「十字だけど、この一方だけ、ちょっと長くないか？」

「それがどうした？」

「おいらには、十字架以外の何物にも見えないけどな」

「十字架？」

「忍者より、まずいのを引っ張り出したよ」

「おい、まさか……」

本田の顔色も変わった。

「キリシタンだ」

魚之進は囁くように言った。

「嘘だろう？」

「たぶん、間違いない」

忍術ではなく、幻術のほうだった。

「そりゃあ、まずいぞ」

「皆、いい人たちなんだがな」

「いい人でも、キリシタンは駄目だろうが。どうすんだよ？」

「これは、おいらの一存では処理できないよ」

魚之進は、そう言って、踏み絵に足をかけるみたいに、手裏剣煎餅を食べた。

七

この夜――。

魚之進は、悩みに悩んだ。伊賀忍者料理の実態を報告すると、あのいい人たちが、皆、磔《はりつけ》の刑になるのだろうか。転んで怪我《けが》をした婆さんを助けたときの、店の連中のようすが目に浮かんだ。

善良で、心優しい人たちなのだ。

結局、市川一角に相談した。

「キリシタンか」

市川はさほど動揺しない。

「まずいですよね」

「昔は神経を尖《とが》らせたが、近ごろはそうでもねえ」

「そうなんですか」

「キリシタンてえのは、狂暴性はまったくなくて、一揆《いっき》とか幕府転覆を図るとか、そこまでではないらしい。それで、このところは、よほどおおっぴらにやるのでなければ、まあ、様子を見ようくらいになっているのさ」

「そうなんですか」

「しかも、おおっぴらには言えねえが、奉行所のなかにもキリシタンの血が流れている人がいる」

「ええっ」

こんなに驚いたのも久しぶりである。

「兄貴から聞いてなかったか?」

「はい。だ、誰です?」

「与力の原《はら》さまだ」

「原さま……」

吟味方与力の一人だった。幕末に最後の与力となり、正式にプロテスタントとなって慈善活動にも邁進《まいしん》した原胤昭《たねあき》は、この家系の人である。

「かつて、キリシタンがずいぶん処罰されたころの人で、原主水《もんど》というキリシタンの子孫なんだ」

「では、当代の原さまも?」

「それはないと思う。だが、そういうこともあって、おいらたちもそっちはあまり突っつきたくねえわけさ」

「ははあ」

「ま、お前にまかせる」

市川は、魚之進の肩を叩いていなくなった。

——どうしたらいいんだろう？

魚之進の悩みはますます深くなった。

——見なかったふりをするか？

だが、あのまま店をつづければ、誰かしらが気づき、騒ぎになる。騒ぎになれば、奉行所としてもなんらかの処分を下さなければならなくなる。

——兄貴だったらどうしただろう？

裁きを受け持つというのは、簡単なことではない。決まりに従って、なんでもかんでも罪として罰するというのは、楽だろうが、そうはいかない。

迷いに迷って——。

次の日、魚之進は、伊賀忍者料理の店の前に立った。

ちょうどなかから、北海道蝶丸が出て来たところだった。

「忍者か」

魚之進は腕組みをし、聞こえよがしに言った。

蝶丸も、聞き捨てにはできず、

「ええ、そうなんですよ」

と、相槌《あいづち》を打った。

「あんた、忍ぶ者か」

「え？」

「忍者って古くからいるとは聞いたことがあるよ」

「ええ、まあ」

「信仰にも関わりがあるらしいな」

「信仰？」

蝶丸はぎくりとしたみたいだった。

「修験道《しゆげんどう》とか、仙術とか」

「ああ」

ホッとした顔になった。だが、

「意外に、南蛮《なんばん》の信仰も関わっているかも」

という魚之進の言葉に、

「…………」

蝶丸は硬直した。

「いろんな神さまがいるからな。御仏《みほとけ》を拝むのもいれば、なんたらの命《みこと》を祈るのもいるし、お狐《きつね》さまだって信仰の対象だ。おいらは、人それぞれなにを拝んでもかまわねえと思うんだよ」

「そうなので」

蝶丸は上目使いに、魚之進の言葉の真意を探ろうとしているらしい。

「手裏剣煎餅」

「ええ」

「あれは考えたな」

「…………」

「もしかしたら、ほかにも見つけられるのかもな。縦の棒が長くなった十字のかたちをな」

「…………」

「そっと拝む分には誰にも迷惑はかからないんだ。だから、忍ぶ者だったら、もう少し地味に目立たなくやってもいいんじゃないか。もう少しだけな」

「旦那は町方で？」

「寺社方だったらこんなことは言わないよ」

「…………」

「どうだい？」

「わかりました。ご忠告、ありがとうございます」

北海道蝶丸は、深々と頭を下げた。

ずいぶん柔らかに釘《くぎ》を刺したつもりである。だが、豆腐に刺す釘は、硬くなくていいではないか。

これで、この件は落着した。

八

寛永寺の援軍に本田伝八が入ることになった。筒井和泉守が内与力《うちよりき》に命じ、うまく取り計らってくれたらしい。

しかも、正式に味見方同心になった。

それで養生所回りには、橋回りだった還暦間近の松見《まつみ》亀三郎《かめさぶろう》という同心が行くことになった。その松見は、大雨のときの橋の見回りがきつくなっていて、大喜びだったらしい。なにせ、病人の囲碁将棋の相手をするのも仕事だったりするところなのだ。

本田はがちがちに緊張して、町回りの同心部屋に来ると、

「あ、新しく配属された、ほ、本田伝八です。よ、よろしくお願いします」

と、挨拶した。

「なんだか、頼りなさそうなのが来たな。大丈夫かあ？」

十貫寺隼人が遠慮のない口ぶりで言った。

「が、頑張りますので」

「もっとも、魚之進だって、最初は危なっかしかったんだ。なあ」

「いや、いまもいっしょですよ」

と、魚之進は言った。

「なあに、いまは、かなり一人前に近づいたよ」

「それはどうも」

「だが、寛永寺の件では、お前らに手柄はやらないぜ」

十貫寺はニヤッと笑って言った。

「と、言いますと？」

「すでに、尻尾を摑んだ」

「尻尾？」

「北大路の動きだよ」

「なんと」

「お寺の懐石料理にな、おからをうなぎそっくりに見せて、しかもうなぎよりうまいという料理があるんだ」

「そんなもの、あるんですか？」

「ああ。それを北大路魯明庵が寛永寺の料理番に伝授した」

「そうなんですか」

「あいつ、なにか、やるつもりだぞ」

「え」

十貫寺は、将軍の毒殺計画のことも知らないし、魚之進が大奥に行っていることも話していない。それでもなにか察知したのだ。

やはり鋭い。

そして、それを摑む自信があったからこそ、お奉行に寛永寺の警護を担当させてくれと頼んだのだろう。

「なあ、月浦。北大路はもしかしたら、尾州公を将軍にして、自分はそれなりの地位を得ようとしているのではねえのか？」

十貫寺は、小声になって言った。

「…………」

さすがである。だが、いまはまだ、そうだとは言えない。

「そうはさせねえぜ。あいつの悪事を未然に防ぎ、南町奉行所に十貫寺隼人ありと、江戸中に知らしめてやるぜ」

魚之進と本田伝八は、圧倒され、呆然と十貫寺隼人の顔を見つめた。

男が見ても惚れ惚れするくらい、物語の主役のように絵になる顔だった。

第四話　紅白梅干し

一

朝から市川一角たちが悩んでいる。同心部屋の市川の机の周囲に五人の定町回り同心が集まって、なにやら会議のようなことがおこなわれているのだ。

笑い声などはいっさい聞こえてこない。ふだんは陽気な赤塚専十郎でさえ、眉根に皺《しわ》を寄せ、卵でも産みそうな顔になっている。

そういえば、昨日、魚之進が帰るときも、何人かが集まって、難しい顔をしていた。魚之進は、寛永寺の件で頭がいっぱいだったので、そっちには気が行かなかった。

——もしかして、駆り出されるのか。

と、ちらりと思った。正直、いまは忙しいので、関わりたくない気持ちもある。だが、市川たちがときどき、ちらちらと魚之進を見るのである。ご機嫌伺いみたいな顔にも見える。とうとう耐え切れなくなって、

「どうかしたんですか?」

と、訊いてしまった。

市川が、よくぞ訊いてくれたとまではいかないが、ほとんどためらいはなく、

「よくわからん事態でな」

と、重々しくうなずいた。

「市川さんたちがわからないなら、わたしごときが聞いても無駄ですね」

「そんなことはない。やくざの話だ」

「やくざ？」

女の次に縁のない人たちである。

「外神田《そとかんだ》を縄張りにする〈遠吠えの牙次《きばじ》〉というのがいるんだがな」

「遠吠えの牙次……」

なんとも恐ろしげな名前ではないか。下手に関わると、夜、眠れなくなりそうである。

「なあに、顔は名前ほど恐ろしくはねえ。色白で、小さい顔で、ちょっとした二枚目だよ。こいつが最近、江戸のやくざの親分格の連中にご祝儀みたいなものを配ったのさ。その中身というのが、赤い梅干しと白い梅干しの詰め合わせでな」

「紅白の梅干し……梅干しって、もともと赤いわけじゃないですよね？」

「赤いのは紫蘇《しそ》で色をつけてるんだろうが。だが、今度配ったのは食紅を使った、

鮮やかな紅色だったらしい」

「めでたいことでもあったんですか？」

と、魚之進は訊いた。

「ふつうはそうだわな。ところが、いったいなにがめでたいのか、それがわからねえわけさ」

「やくざに取ってめでたいことと言うと……まさか、落とした小指が生えてきたとかいうのはないでしょうから……」

「あるか、馬鹿」

赤塚が噴き出して言った。

「やはり敵の不幸がいちばんめでたいのではないですか。でも、それでご祝儀を配るのは変かもしれませんね」

「変だよ。そもそも、ここんとこ江戸のやくざの世界がなんとなくきな臭くてな。まだ、大がかりな抗争にはなってねえが、今月に入って、不忍池《しのばずのいけ》の淵《ふち》で一人、神田の明神下《みょうじんした》で一人、やくざが刺されて死んでるんだ。下手人の見当はついてるが、田舎に逃げてまだ捕まっていねえ。まあ、しばらくはもどらねえだろう。なにか起きそうだというので、おれたちも注意はしてきたんだがな」

と、市川が、やくざ界の現況を教えてくれた。

「梅干しが出てきたということは、食いものがらみですね」

魚之進は、俯いて言った。

「いや、お前はいま忙しいからいいよ」

市川も遠慮がちに言った。

だが、魚之進は顔を上げ、

「味見方は増員がありましたよ」

「あ、本田伝八か」

「そうか、二人になったのか」

ほかの同心たちもうなずき合ったりしたところに、

「おはようございます」

やけにはきはきした挨拶とともに、その本田が現われた。養生所回りのときと、顔がぜんぜん違う。もちろんこっちのほうが、生き生きしている。

「おい、本田、初仕事ができたぞ」

と、魚之進が声をかけた。

「それはそれは」

本田は尻尾を振っているみたいな表情になって、こっちにやって来た。

「じつはな……」

と、市川から事情を説明し、

「どうだ、やってみるか?」

「もちろん、やらせていただきます」

本田は背筋を伸ばして言った。

「この糞忙《くそいそが》しいときに、すまんな」

「いやいや、これは味見方が動かなければならない仕事でしょう」

かなり気合が入っている。

「ところで、現物は見ましたか?」

と、魚之進は定町回りの同心たちを見て訊いた。

「見た」

赤塚がうなずいた。

「食べましたか?」

「いや、食べてはいない。現物は入手できなかった」

ほかの誰も食べていないらしい。

「食べるとわかるかもしれませんよ」

「そうか」

「それだな、本田」

と、魚之進は本田を見た。

「おれが？」

「なんとか現物を入手して、食べてみてくれ」

「わかった。じゃあ、さっそく」

と、本田は先に出て行った。

皆、大丈夫かという顔をしている。

魚之進がふと、十貫寺の席を見ると、まだ出て来ていない。どうりで六人の定町回りなのに五人しかいなかったわけである。それにしても朝が早い十貫寺にしてはめずらしい。非番でもないはずである。

「市川さん、十貫寺さんは？」

「うむ。あいつ、なんか、大物を釣り上げたと言っておってな。今日も立ち寄るところがあると言っていた」

「そうですか」

大物というのは、例の件と関わりがあるのか。気になるところだった。

二

魚之進は奉行所の外に出て来ると、門の前で待っていた麻次にわけを話した。

「牙次の配りものをですか」

「最初の仕事にしては荷が重いよな」

「そうですかね」

「ずっと病人や年寄りの相手をしてきたんだぞ」

「それがいきなりやくざですか。しかも、遠吠えの牙次がらみねえ」

「金魚飼ってたのが、鯨獲《くじらと》りに行くようなもんだろう」

「跡をつけて、見守ったほうがいいのでは？」

「そうしよう」

麻次とともに本田の跡を追った。

味見方は隠密回り同心なので、定町回りのように縦縞《たてじま》の着物を着流しにして黒羽織に雪駄《せった》履きという目立つ恰好ではない。

「どんな恰好がいいんだ？」

と、本田から訊かれたので、

「どういう食い物屋に入ったときも目立たないような、遠方の五万石くらいの藩から出てきたばかりの藩士という感じかな」

そう答えておいた。まさにそんな恰好である。

ただ、人混みに入られると本当に目立たなくなるので、跡をつけるのはけっこう苦労する。

本田には連れもいる。まだ気の合う岡っ引きが見つかっていないので、奉行所の中間《ちゅうげん》に町人ぽい恰好をさせ、供をさせることにしたのだ。

二人はたまになにか相談するようにしながら、日本橋のほうへ向かい、そこから橋を渡って、まっすぐ歩いて行く。

「いきなり牙次の縄張りに行くのかな」

「なにもわからないと、そうするかもしれませんね」

「まずいだろう」

和泉橋《いずみばし》を渡った。神田明神界隈となると、牙次の縄張りである。

だが、本田たちはそのまま通り過ぎ、上野のほうへ向かった。

広小路のあたりで立ち止まり、きょろきょろ見回し始める。

「いいねえ、上野で探すつもりらしいぞ」

「神田は外したほうが訊きやすいでしょうしね」

大親分となると、盛り場に近い浅草か両国あたりにいるが、上野界隈は二番手あたりの親分がけっこう住んでいる。

見るからに狂暴そうなやくざになにか声をかけた。

話を聞こうと、魚之進たちはそっと本田の後ろから近づく。

「なんだと？」

やくざが大声を上げた。

「だから、お前は親分格かと訊いてるんだろうが」

と、本田は訊いた。

意外に臆しているようには見えない。決して大きな声ではないけれど、震えたりもしていない。

「なんでおめえにそんなこと言わなくちゃならねえんだ」

「親分に訊きたいことがあるんだよ」

事情を説明したりもしない。

「あいつ、おいらの最初のころより、ずっと上だよ」

と、魚之進は本気で感心して言った。

「おうおう、サンピン、舐《な》めるんじゃねえぞ」

やくざは顔を近づけ、嚙みつくようにして言った。ただ、背は本田よりずいぶん低いので、喉元に食いつく感じになる。

「なんだよ」

本田は上から睨みつける。強気である。

「ぶっ殺されてえのか」

「殺すだと？」

そこでサッと、後ろに隠していた十手を出した。

「おっ」

やくざは顔色を変えてのけぞり、

「お見それしました」

「気をつけろよ。それで、お前の親分はどこだ？」

「あそこにいます」

と、稲荷寿司《いなりずし》売りの屋台の前にいる男を指差した。虎の絵が入った着物を着ている。

屋台のあるじがこそこそとなにか男に手渡した。みかじめ料らしい。

ニヤッと笑った顔が、深海魚みたいで薄気味悪い。けっこうな貫禄《かんろく》である。後ろには二人ほど子分らしき若者もついていた。

「おう、親分さん」

本田が近づいた。

今度は早めに十手を出している。

相手が大物そうだからか。あるいは、子分が暴れ出すのを警戒したのか。

「ちゃんと臨機応変にやってますよ」

麻次も感心した。

「そうだな」

そこは安心した。だが、肝心なのは梅干しを入手できるかである。

「あんた、遠吠えの牙次から、近ごろ、梅干しもらっただろう？」

と、本田は訊いた。

「ああ、もらったよ」

「なんかめでたいことでもあったのか？」

「どうかな。あいつとは昔から友だちなんで、挨拶みたいなもんだろう」

「なんで梅干しなんだ？」

「なんで梅干しかだって？　梅干しってのは腐らねえよな」

「まあな」

「腐らないから、腐らずにやろうぜという励ましの意味なんだろう」

「腐らずにやれ？」

「おれはそう受け取ったがね。こう見えて、やくざってえのは意外に腐ったりめげたりすることは多いんだ」

「なるほど。それで、その梅干しの味見をしたいんだがね」

「梅干しの味なんざ、どれも同じようなもんだ。家帰って、台所の甕《かめ》からつまめばいい」

「やくざの梅干しが食いたいんだ」

「食っちまったよ」

「一箱もらったんだろ。梅干しなんか、そんなに早く食いきれるもんじゃないだろうが」

「おい、旦那。なに言ってんだよ。おれには子分が二十人ほどいるんだぜ。昼飯のとき、子分ににぎりめしを二つ三つずつでも食わしてみな。一日でなくなっちまうよ」

本田もさすがに、ないと言うものを出せとは言えない。

「本田さんは大丈夫ですよ」

と、麻次が言った。

「そうだな。あとはまかせよう」

魚之進は寛永寺に向かうことにした。

寛永寺にやって来ると、やはり警戒は厳しくなっている。

黒門《くろもん》のところで一度止められ、十手を見せて名乗った。

本堂の前まで来ると、

「じゃあ、あっしは周りを見回っておきます」

と、麻次は立ち止まった。

本坊のほうへは、岡っ引きなどは行けないようになっている。

「じゃあ、臨機応変にやってくれ」

そう言って、魚之進だけ本坊の裏手にある台所にやって来ると、服部洋蔵が土間の隅でなにやら書き物をしている。

「服部さん」

「おう、月浦さんか。貴殿の忠告を受けて、坊主たちの一覧表をつくってみましたよ」

見ると、人相書きまで入った名簿のようなものになっている。いまは朱の筆で、書き込みをしていたらしい。

「けっこういますね」

「ええ。それでもなんとか、ここに出入りするのは二十人までとしてもらったのです」

「二十人ですか」

もう少し削って欲しかったが、仕方がない。

「へえ、面白いですね」

つい、人相書きに見入ってしまう。

一口に坊主と言っても、人によってはずいぶん違う。顔立ちだけではない。頭の剃《そ》り跡もさまざまなのだ。そうした特徴を見事にとらえている。

近くですりこ木を回している坊主と、人相書きを照らし合わせると、すぐわかるのだ。

「絵、うまいですね」

と、魚之進は言った。

「そうですか」

顎を上げ、下目使いに自分の絵を見た。

「もしかして、服部さん、物真似《ものまね》うまくないですか?」

「わかります?」

「やっぱり。いやあ、これだけ人の特徴をとらえるのがうまかったら、真似もうまいはずですよ」

「いや、まあ」

と照れた顔をしたあと、服部はもそもそとなにか言った。「おい、服部。縁の下は見たか?」と言ったらしい。

「あ。ここの頭《かしら》じゃないですか」

警護に回っている伊賀者二十人ほどを統括している六十くらいの人物がいて、まさにそっくりだった。

「わかりましたか？」

「わかりますよ」

「じつはな、おおっぴらにはやれぬのだが、上さまの物真似もやれますぞ」

服部は小声で言った。

「え、上さまの？　わたしはお見かけしたこともありませんよ」

「上さまはこういう感じのお方です」

服部は、首を前後にゆっくりひょこひょこさせ、目を細めにしながらぱちぱちさせ、

「ほぉーい、石翁、来ておったかあ」

と、間延びした声で言った。

それは、たとえ実物を見たことがなくても、どことなく鷹揚《おうよう》で、すっとぼけた味わいの高貴な人物を彷彿《ほうふつ》とさせた。

「へえ」

「ま、お目にかかることがあったら、いかにそっくりかわかるでしょう」

急いで周囲を見回し、短めに切り上げて言った。

「それって忍びの術なのでは？」

と、魚之進は言った。

「え」

服部はそんなことは考えてもみなかったという顔をした。ひたすら遊興目的で磨いてきた芸らしい。

「忍びの術として充分、通用しますよね。変装して探索するときも、そして見てきたことを報告するときも、いろんなかたちで使えますよ」

「なるほど」

「やっぱり、忍者の才能あるんですよ。服部の名は穢《けが》してませんね」

「そうですかねえ」

と、服部洋蔵は嬉しそうだった。

三

麻次とは夕方早めに和泉橋のところで別れ、一人で南町奉行所にもどって来ると、同心部屋に本田がいて、

「手に入れたぞ」

と、自慢げな顔で言った。

「え、梅干しを？」

「ああ、これだ。半分はすでに食ってしまっていたが、残りをもらってきた」

「凄いな、お前」

まさか、こんなに早く入手するとは思っていなかった。それどころか、内心、味見までは難しいかもしれないと予想していた。

「なんだ、そのびっくりした顔は。お前、そんなに無理難題を押し付けたのか」

「いや、頼んだあとで、あれは難しいだろうと思ったんだ。あの、上野の親分からもらったのか？」

「上野の親分？」

「じつは、ちょっと心配になって跡をつけてみたんだよ。そしたら、おいらの最初のときよりずっとうまくやってたので、安心してたんだ」

「そうだったのか。だが、あの親分からもらったんじゃない。ほかにも黒門町の親分や、不忍池のほとりの親分なんかも当たったが駄目だった」

「じゃあ、誰から？」

「ふっふっふ。おれだって人脈くらいはあるぞ」

「それはそうだろうけど」

やくざ関係に知り合いがいたとは思わなかった。

「じつは、去年、養生所に腹を刺された七十くらいの年寄りが運び込まれたんだ。これが、なんとやくざの親分だった」

「へえ」

「親分といっても、湯島《ゆしま》の大根畑《だいこばたけ》の界隈に住んでいて、子分も二人しかいない小さな組だ。それでも、いちおうは組長だし、現役で切った張ったもやってるんだ」

「それで刺されたんだ？」

「ああ。でも、この親分は歳のわりに丈夫な人で、半年ほど養生したら元気になって出て行ったんだが、おれはそのあいだずっと、賭け将棋の相手をして、二両ほどの貸しをつくっていたのさ」

「凄いな」

「もちろん、じっさいに取ったらまずいから、催促などはしなかった。でも、その親分のことを思い出して、訪ねて行き、二両を返してもらうかわりに、いろいろ尽力してもらったってわけ」

「そういうことか」

「食ってみようぜ。おれも食べないで、お前が来るのを待ってたんだ」

と、本田は、経木《きょうぎ》でできた箱を開いた。

「ほう」

半分はなくなっているが、きれいに並べられていたのはわかる。紅白の違いも鮮やかで、いかにも縁起物という見た目である。

「毒じゃないよな」

と、本田が不安げに言った。

「それはわからん。でも、味見方はつねに毒を食う恐れがあるんだ」

「そうか」

「まあ半分は食ったのだから大丈夫だろうが、いちおうゆっくり食べて、変な感じがしたら吐き出せ」

毒見の基本である。

「わかった」

赤いほうが大粒である。こっちを先につまんだ。

種が抜かれている。ねっとりとして、想像したよりもまったく酸っぱくはない。むしろ甘いくらいである。

白いほうは小粒で、赤の五分の一くらいしかない。ちょっとカリカリする。種も入ったままである。こっちは、小粒でもむちゃくちゃ酸っぱい。いかにも梅干しという味。だが、小さいので、いくらでも食べられそうである。

「これに意味なんかあるのかな」

と、顔をしかめながら魚之進は言った。

「わからんなあ」

二人で首をかしげた。

そこへ、市川と赤塚もやって来て、

「え、入手したのか。お前、なかなかやるな」

と、本田を褒め、味見に加わった。

「飯のおかずには赤かな」

と、赤塚が言うと、

「いやあ、酸っぱさが足りないな。白いほうをぽりぽり食べながらのほうが、ご飯はうまいはずだな」

市川は首をかしげた。

「お茶受けにはどうだい？」

「そうだな」

「お茶よりも白湯《さゆ》のほうがいいんじゃないか」

「なるほど」

納得はしても謎解きにはならない。

「それで梅干しの意味はなんだというのだ？」

赤塚が本田に訊いた。

「わからないとは言ってましたが、言わないだけかもしれません」

「なんというやくざから入手したんだ？」

「湯島の湯次郎《ゆうじろう》という親分です」

「へえ。おれは知らんな」

「別のやくざが言うには、梅干しは腐らないから、くさらずにやれという励ましなんだそうです」

「ほんとか？」

赤塚は眉を吊《つ》り上《あ》げて訊いた。

「わたしはなるほどと思いました」

「たとえそうだとしても、なんでいま、やくざ連中を励まさなきゃならねえんだ？」

「たしかに」

ふと、魚之進は梅干しが入った小箱の包み紙を見た。隅に文字があるのに気づいた。

「あ、これ、〈銀鱗亭《ぎんりんてい》〉でつくったんですね」

「銀鱗亭というと？」

市川が訊いた。

「ほら、尾張町《おわりちょう》のところにある、いかにも豪華そうな料亭ですよ」

「あそこか。あんなところで、梅干しなんかつくるか？」

「梅干しは漬け物屋でつくっても、銀鱗亭でこんなふうに贈答品用に体裁を整えたんじゃないですか？」

「なるほど」

魚之進は本田を見て、

「銀鱗亭に行ってみよう」

と、立ち上がった。

そろそろ暮れ六つが近い。

銀鱗亭では、外のばかでかい真っ赤な行灯《あんどん》に火が入り、若い板前がこれも小山のような盛り塩のかたちを整えているところだった。

「はあ」

本田が呆れたような声を上げた。

入り口には、龍の石像が一対。正面の鴨居《かもい》には鷲《わし》のはく製が飾られ、金屛風には虎が描かれている。

いかにもやくざとか成金《なりきん》が好きそうな店である。

「ご予約の方ですか？」

帳場のなかから声がかかった。

出て来たのは、あるじらしい。

「いや、ちょっと訊きたいことがあってな」

と、魚之進は十手を見せた。

「これはこれは、与力の旦那で？」

明らかな嫌味である。

そういえば、味見師の文吉《ぶんきち》に聞いたことがある。ここのあるじは元役者で、木挽《こびき》町《ちょう》の小屋にちょい役で出ていたころ、ここのお嬢さまに目をつけられた。そのお嬢さまが、いま帳場の机でそろばんをはじいている女将である。

「そんなわけないだろ。ただの同心だよ」

「それは失礼しました」

あるじはわざとらしく額を叩いた。役者のときは、相当な大根だったはずである。

魚之進が後ろにいた本田にうなずきかけると、

「これは、ここでつくったんだよな？」

本田が梅干しの折詰を見せた。

「あ、そうなんです。牙次ってお人に頼まれましてね」

「牙次がどういうやつかは知ってるよな？」

と、魚之進が訊いた。

「ええ、存じ上げてますとも。もちろんうちは、悪事だの賭博に加担するようなことは、いっさいしていませんよ。梅干しでどんな悪いことができます？　人助けにこそなれ、悪事や博打《ばくち》にはならないでしょう。あたしはだいたい、やくざにも更生の機会をどんどん与えるべきだと思ってましてね。鼻つまみ者扱いしても、なんのためにもなりませんよ」

あるじはぺらぺらと言い訳をした。

「梅干しのご祝儀はなんのためだったんだ？」

「そこまではちょっと。いや、ほんとに知らないんです」

「訊きもしないのかい？」

「そうですね。あの世界にはできるだけ首を突っ込まないようにしてますので」

さっき言ったことと、まったく矛盾している。

なにか後ろめたいことがあるのではないか。さらに突っ込もうとしたとき、玄関口に黒塗りの駕籠《かご》がつけられた。

「あ、ちょっと」

あるじが魚之進のわきをすり抜けて、駕籠のほうへ向かった。

駕籠の周囲には、駕籠かきの中間のほかにも武士や女中が大勢いる。どこの殿さまが来たのか、いかにも物々しい。

駕籠から下りたのは、羽子板みたいに着飾った女である。

「これは、これは滝山さま」

あるじが頭を下げながら言った。

──滝山さま？

聞いた名である。本田を見ると、知らないという顔をしている。ふと思い出した。北大路魯明庵と親しいという大奥の年寄りではないか。

店のなかからも女将たちが出て来て、玄関口に跪《ひざまず》いた。

魚之進と本田は自然とわきに寄り、まるで番人みたいに立ち尽くすしかない。

きれいな女である。歳は八重乃より幾つも上だろうが、段飾りに並べるとしたら、こちらは二段ほど上になるだろう。

「いらしてるか？」

と、滝山はあるじに訊いた。

「はい。いつものお部屋でお待ちになっていらっしゃいます」

あるじは答えた。

だが、奥のほうから、

「お、着いたか」

と、声がして、なんと北大路魯明庵が現われたではないか。

──まずい。

顔を隠すより早く、目が合ってしまった。

魯明庵の目つきが鋭くなった。

「どうされました？」

滝山が訊いた。

魯明庵が答える前に、魚之進は本田を押しながら、こそこそと退散した。

その背中に、

「なあに、どうということはない。いま、ネズミを見かけた」

「ネズミを？」

あるじが焦った声を上げた。

「よいよい。可愛いネズミだった」

魯明庵の笑い声がした。

外に出て来た魚之進は、顔をしかめ、

「まずいなあ」

と、言った。脇の下に汗をかいている。

「誰なんだ、いまのは？」

「うん、話せば長くなる。とりあえず帰ろう」

魚之進は逃げるように奉行所に向かった。

北大路魯明庵と大奥の年寄りが、外で会っていた。しかも、いまからなにやら密談に及ぶのだろう。いったい、どんな話になるのか。

見られた魯明庵もまずいかもしれない。だが、見てしまった魚之進も恐ろしくまずいことになるのではないか。

四

その翌日——。

寛永寺側はほとんど準備が整った。本番はあと三日後に迫っている。

今日は一通り、当日と同じことをやってみるという。

魚之進は、朝から寛永寺に駆けつけた。本田伝八は、牙次の配った梅干しの手がかりを捜して、今日もやくざの訊き込みをつづけることになった。寛永寺に行っても、本坊には魚之進しか入れないので、本田が行く意味はない。

上さまのお駕籠が、黒門口から清水堂に到着し、ここで景色を堪能しながら茶と菓子をいただき、東照宮に参拝した。

上さまに扮《ふん》しているのは、服部洋蔵が真似をしていた伊賀同心の物頭《ものがしら》だった。どうせなら、服部洋蔵が真似をしながら扮したらいいのに——と、魚之進は思った。天皇家から寛永寺に来ている輪王寺宮《りんのうじのみや》も付き添っている。こちらは本物の宮さまだという。

本坊に入り、いよいよご昼食となった。

同じ献立が出された。坊さんたちが、次々にお膳を運んで行く。

一流の料亭も顔負けの、豪華なものである。

しかも、生臭ものはいっさい使っていない精進料理である。

台所では、一足早く鬼役の社家が食べ始めている。上さまといっしょに食べていては意味がない。

魚之進はすぐそばで、それを見守っている。

演習でも、社家は恐ろしく緊張している。毒見というより、これから切腹でもしそうに見える。

「大丈夫ですか？」

魚之進がわきから訊いた。

「うむ。緊張のあまり、吐きそうだ」

「吐けばいいではないですか」

「馬鹿。そんなことをしたら、毒ではないかと騒ぎになり、下手したら三日後のお出ましは中止になるやもしれぬ。そうなったら、わしの責任は大変なことになる」

「ははあ」

たしかにこの仕事はきつい。

お膳のなかで、魚之進はうなぎのかば焼きに目がいってしまう。本物そっくりである。精進料理と知っていなければ、本物と疑わないだろう。

社家がそれに手をつけた。

「む」

箸が止まった。

「どうかしましたか?」

「なんだ、このうまさは」

「本物よりうまいですか?」

「うまい」

と、社家はうなずいた。

「へえ」

「月浦。そなたも食ってみるといい」

「いいんですか？」

「なんなら、残りをぜんぶ食ってもいい。うますぎて気味が悪い」

「いや、一口でけっこうです」

と、魚之進もそれを食べた。

もともとうなぎの蒲焼《かばや》きはふっくらとして、歯ごたえなどはあまりない。これもそうである。しかも、風味はおからではない。豆の甘味も感じるが、うなぎらしき風味もある。それに甘いタレが染みて本当にうまい。

「これは、たしかにうま過ぎて怪しいですね」


考えながら、本堂の前にやって来ると、十貫寺隼人がいた。十貫寺も本坊のなかへは入ることができない。不満らしいが、そればかりはどうしようもない。

「よう、月浦」

ニヤリと笑った。やはり、なにかを摑んだらしい。

「なにかありましたか？」

と、魚之進は訊いた。

「あったどころじゃねえ」

「そうなので」

「お前にも関わることだぞ」

「おいらに？」

なんのことかさっぱりわからない。

「教えてくださいよ」

「もう少し待て。はっきりしたら教える」

「はあ」

いったん見せられた餌を隠されたときの犬の気持ちがよくわかる。

「北大路は動くぜ」

十貫寺は声を低めて言った。

「何をする気なんです」

「毒殺に決まってるだろうが」

「…………」

「お前だって、それを警戒するために、呼ばれてるんだろうが」

「お気づきでしたか」

「気づくよ、それは」

「それで、どうやろうとしてるんです？」

「言えねえな。向こうにも気づかれたくないんだ。現場を押さえないと、あいつを捕まえることはできない。中途半端に嫌疑を向けても、こっちが飛ばされるだけだ」

「はい」

それはわかる。単に手柄のためではないのだ。

「それと、わたしのほうでも新しい事実が」

と、魚之進は言った。

「なんだ？」

「昨日、尾張町の銀鱗亭という料亭に行ったのですが、そこに大奥女中で年寄りの滝山という人がやって来まして」

「年寄りといったら、大変な力があるらしいな」

「ええ。それで、そこで待ち合わせていたのが北大路魯明庵でした」

昨夜のうちに、お奉行には報告した。尾張徳川家の一族と、大奥の実力者の密会。下っ端同心の握っていられる話ではない。筒井和泉守も驚いたらしく、「くれぐれも慎重に調べてくれ」と言われている。

十貫寺がお奉行とどの程度まで相談しているのかはわからないが、この件は伝えておいたほうがいいと思った。

「ほう。その筋は知らなかった」

顔が輝いた。

「内密の話です」

「もちろんだ。いや、いいことを聞いた」

十貫寺は、魚之進の肩を叩いた。

五

八つごろ（午後三時）に、魚之進は一人でいったん奉行所にもどった。すると、本田が同心部屋で頭を抱えていた。

「どうした？」

「うん。どうも神田界隈のやくざは、牙次の睨みが効いていて、なにも話さないんだ。逆に、深川あたりのやくざのほうが、噂として聞いてないかなと思ってな。いま、深川のやくざの名前を教えてもらってきたところなんだ」

本田の前には、奉行所の例繰方《れいくりかた》からもらったらしい書類があり、そこにはやくざの名前が羅列してあった。

「これをぜんぶ当たるとなると大変だな」

「だが、最初のやつが教えてくれるかもしれないぜ」

「それよりも、お前が梅干しをもらってきたやくざ。その人をもう一押ししてもいいんじゃないか」

「そうか」

「おいらもいっしょに行ってみるよ」

「うん。そうしてくれ」

二人で行ってみることにした。

湯島の大根畑に向かう。大根畑と言っても、昔はともかく、いまは大根の畑などはない。女郎屋が立ち並ぶ、風紀はかなりよからぬところなのだ。そういうところは、魚之進よりも本田のほうがはるかに慣れている。

神田明神の裏のほうから近づいて行くと、まだ明るいが、だんだん怪しい雰囲気になって来る。

「そうだ。名前は聞いてなかったな」

と、魚之進が言った。

「湯島の湯次郎というんだ。だが、ゆじろうと言っては駄目だぞ」

「なんで？」

「湯次郎じゃ、湯につかってるみたいで、睨みが効かないというんだ。だから、呼ぶときはゆうじろうさんと呼ばないと駄目だ」

「ゆうじろうか。たしかにそっちのほうが睨みは効くな」

本田の足が止まった。

「ここだ」

小さな平屋の一軒家である。隣は、二階建ての大きな建物で、祭りでもないのに軒先には紫色の提灯が並んでいる。

「ごめんよ」

本田が先に戸を開けた。

真ん前の火鉢の前に、苦み走った顔の年寄りが座っていた。七十と聞いていたが、せいぜい六十くらいにしか見えない。

「おう、本田の旦那かい。なんだよ、今度はお仲間を連れて来たのかい。それでも、駄目だ。おれはなんにも言えねえよ。牙次は、もともとおれの舎弟んとこの子分だったんだ。いわば甥《おい》っ子みてえなもんだからな」

来た理由も察している。

「いえ、梅干しをいただいてしまったので、これはお礼ということで」

と、魚之進は途中で買って来た甘納豆の箱を差し出した。湯次郎の大好物だと聞いていた。

「なんだ。気を使ってもらったな」

「そうですか。舎弟の子分でしたか。そのころから、大物になる雰囲気はありましたか？」

魚之進は、直接訊くより、世間話のほうから糸口を探るつもりだった。

「どうかな。あのころは、怖《おそ》れ知らずの鉄砲玉にしか見えなかったが、根が賢いんだろうな。この世界も、学ばねえ野郎は生き残れねえんだよ」

「でしょうね」

「おれなんざ、学ばねえから、この歳になっても、こんなちっぽけな組だ」

「いや。やくざは組の大きさじゃないでしょう。やくざとしての生き方を通して来たかどうかですよ」

自分でも意外なことを言った。ただ、いままでも数人のやくざと関わりを持ったが、親分になるような人は、どこか一本筋を通すみたいなところは感じられた。

「旦那は嬉しいことを言ってくれるね」

湯次郎はニヤリと笑った。

「でも、こんなところを縄張りにしていると、ゆう次郎さんも、お女郎さんに頼れることもあるんじゃないですか？」

ちゃんと、ゆう次郎と言った。

「そりゃあな。あの娘たちの厄介ごとは、ずいぶん解決してやったものさ。ついこのあいだも、若い旗本に花代を踏み倒されそうになっていたのを、取り返してやってな」

「へえ」

「湯島のおとっつぁんとか言われりゃ、ま、嬉しいわな」

湯次郎はにんまりし、魚之進が持ってきた箱を開けて、何粒かつまみ、

「本田の旦那の話だが、これはただの世間話として聞いてくれ」

と、言った。ずいぶん風向きが変わっている。

「もちろんだ」

と、本田もうなずいた。

「牙次といちばん張り合っているのは、根津界隈を縄張りにしている赤目の蛾太郎《がたろう》ってやつだ」

「そうみたいだな」

「このおかみさんにはずっと子がなかったのに、近ごろできてな」

「子どもがね」

「言えるのは、それだけだな」

「それだけ？」

本田は啞然《あぜん》とした。

それから、湯次郎は用事があるというので、帰らなければならなくなった。

外に出た本田は、

「悪いな。無駄足だった」

と、魚之進に詫びたが、

「なに言ってんだよ。ちゃんと教えてくれたじゃないか」

「え？」

「これはまずいよ。蛾太郎は怒るよ」

「なんでだよ？」

「おかみさんに最近できたという子どもの父親は、牙次なんだよ」

「そうなの？」

「赤い梅干しには種がなかっただろ」

「あ」

「赤目の親分もそうだと言ってるんだ。それで、子どもができたのは、白い種のおかげだと言ってるんだよ」

「そうかあ」

「たぶん、やくざたちのあいだには、すでに噂も回ってるんじゃないか」

「ということは？」

「牙次の挑発だよ。蛾太郎、かかってこいやと」

「そりゃあ、挑発に乗るわな」

「だが、おかみさんに危険が及ばないか、心配だよな」

「あ、それは大丈夫だ。蛾太郎の子分が言ってたよ。おかみさんは、この梅干しが配られた日から、赤目の蛾太郎の家からいなくなったんだと」

「なんだよ」

「いやあ、そういう話だとは思いもしなかった。そうかあ。しまったなあ」

　本田はひとしきり悔しそうにした。

　魚之進たちは急いで南町奉行所に引き返した。途中、根津界隈を回ってみたが、やくざらしいやつらが殺気立ったようすで、あちこちにたむろしていた。いまにもなにか始まりそうな気配である。

　奉行所には市川一角がもどっていて、魚之進はわかったことを告げた。

「なるほど、子だねを匂わせた挑発か」

「痛いところを突いたのだと思います」

「だろうな？」

「いまにも始まりますよ。どうします？」

「よし、こっちも動こう。赤目の蛾太郎たちを動かしてから、ぎりぎりのところで捕縛しよう」

「牙次のほうはそのままに？」

「いや、向こうも誘い出す。月浦、本田。お前たちもついて来い。後ろで見ているだけでよい」

「わかりました」

同心部屋が急に慌ただしくなった。

大勢の岡っ引きや中間たちもいっせいに動き出した。

一刻もすると、次々に報告が入って来る。

「蛾太郎一家が動き出しています」

「神田明神の裏あたりに集まり始めました」

「まだ、ばらばらですが、どうやら四十人ほどにはなりそうです」

すでに陽は落ち、暗くなっている。

奉行所側もすでに出動の支度は整った。

「よし、行くぞ」

大捕り物で、陣頭指揮は市中見回り方与力の安西佐々右衛門《あんざいさざえもん》が取る。だが、急遽《きゅうきょ》、奉行の筒井和泉守も出動することになった。

神田明神の裏に来ると、蛾太郎一家はいまにも牙次の家に突入しようかというところだった。

「できるだけ声を上げさせるな」

と、与力の安西が言った。牙次側に知られたくないのだ。それにしても、ふだんはおっとりして見える安西が、いざとなるとキリっとした指揮ぶりを見せるのは驚きである。

「よし、いまだ」

機を見て、捕り手がドッと蛾太郎を取り囲んだ。

「なに、しやがるんだ！」

蛾太郎が吼《ほ》えた。

「おとなしくしろ。お前が騒ぐと、牙次をふん縛れなくなっちまうんだ」

安西は蛾太郎を諭した。

「牙次を……」

蛾太郎はうなずき、子分たちに、

「ここは神妙にしろ」

と、命じた。

縄を打ち、神田明神の裏に並ばせると、二十人を残しただけで、およそ百人で牙次の家を取り巻き、

「うぉーっ」

と、雄叫《おたけ》びを上げた。

「出入りか、出入りだ」

「よおし。迎え撃つぞ」

牙次たちが飛び出して来たところを、次々に捕縛していった。まるで、押し出されてくるところてんを、掬《すく》い取《と》って食べていくみたいで、見ていて気持ちいいくらいの捕り物だった。

六

翌日の昼――。

この日は久しぶりの非番になっていた。魚之進は、どうしようかと迷いながら、昼前にうなぎのおのぶこと、犬飼のぶの家を訪ねることにした。

浅草橋を渡ってすぐの福井町《ふくいちょう》にある八州《はっしゅう》廻り同心の役宅が、おのぶの家である。

恐る恐るおとないを入れると、

「あら、魚之進さん」

おのぶの屈託ない返事が迎えてくれた。

「じつは、うなぎの話がしたくて」

「じつは、うなぎの蒲焼き——といっても精進料理だから、偽物なんだけど、それに毒を盛られるかもしれなくてさ」

「へえ、どうしたの？」

「まあ」

「本物のうなぎって、もともと毒があるよね」

血が毒なのだ。それがからんだ事件を解決したことがある。

「そうだよ。血は猛毒だよ。それを使うの？」

「それも考えてるんだ。焼くと毒は消えるんだよね。でも、焼いたふりして、血を塗っておくとか」

「なるほど」

「うなぎを食べながら考えたいんだけど、おのぶさん、うまいうなぎ屋知らない？」

おのぶなら知っていそうだった。

「もちろん知ってるよ。すぐそこの〈うな平《へい》〉って店は、小さいけど、うなぎの味は、江戸でも一、二を争うくらい」

「じゃあ、そこへ」

蔵前《くらまえ》のほうにほんの少し歩いたあたりである。

「ここよ」

指差したのは、牡蠣殻《かきがら》で屋根を葺《ふ》いた掘っ立て小屋みたいな家である。

「ここかあ」

だが、確かにうなぎを焼く匂いが漂ってくる。

「見た目は悪いけど、魚之進さん、うなぎ屋も女も見た目に騙されちゃ駄目よ」

「はあ」

うな重は、大と特大しかない。おのぶは勝手に特大を二つに肝吸いを頼んだ。もちろん、おごってもらうつもりである。

おしんこでお茶を飲みながら、出来上がりを待つあいだに、

「たしかにうなぎって、毒を入れやすいかもね」

と、おのぶが言った。

「そうかい」

「だって、味は濃いし、見た目も黒いし、ごまかしやすいでしょ」

「まあな」

「ふぐの毒なんか混ぜられたら、どうしようもないんじゃないの？」

「同じものを毒見役が食べるんだ」

「だったら、蓋に塗るのよ。毒見役のほうに塗らないの」

「おおっ」

鋭い推測ではないか。予行演習のときも、うなぎの蒲焼きは蓋付きのお重に入れて出されていた。

魚之進は持っていた手帖《てちょう》に、

「蓋は寸前に洗わせるか、使わせないこと」

と、書いた。

「そういえば、ももんじやではずいぶん酔ったよね」

「ああ、とくにおのぶさんはね」

「あたし、変なこと言ったりした？」

「覚えてないの？」

「うん。あたし、酔うと口が悪くなるらしいんだよね」

「そうでもなかったけど」

おのぶはやっぱり、あの晩のことを忘れているらしい。うな重ができてきた。

一口食べる。

「ほう」

ひどいうなぎ屋だと、べたべたに甘くて、うなぎの味がわからなくなっているが、ここのはタレの甘さはほんのりといったくらいで、うなぎの味がしっかりわかる。しかも、柔らかいのに、口のなかで踊るみたいな感じがある。

「これはうまい」

「ね。お酒も飲みたくなっちゃうでしょ」

「昼間だよ」

「魚之進さんは駄目だよ。でも、あたしは仕事じゃないから」

「じゃあ、一本だけ」

この一本がまずかったかもしれない。

おのぶの頰がほんのり染まったとき、

「あ。思い出した」

「なにを？」

「あのとき、本田さんが言ったこと」

「え」

「魚之進さん。お静さんのこと、好きだったんだ」

「…………」

不意打ちを食らって返事もできない。

「あたし、なんか責めるようなこと言った？」

「まあ、そんなようなことは」

「そうか」

最後の酒を飲み干して、遠くを見つめるような眼をした。

なにを考えているのかわからない。

「でも、恋ってそういうものよね」

自分に言い聞かせるみたいに、ポツリと言った。

「…………」

なんと言っていいかもわからない。

「打ち明けたことはあるの？」

「ああ」

「駄目だった？」

「うん」

「もう一度、やってみたら?」

「え?」

どうやって? 二度も打ち明けられると、女心というのは傾くの? 訊きたいが
そんなことは訊けない。

「さ。お勘定、お願いね」

おのぶは怒ったように立ち上がった。

七

ついにこの日がやって来た。上さまが、毒殺の不安があるなかを、城を出て、寛永寺でご昼食を召し上がる日。

もしも不測の事態が起きたときは、味見方としてなんらかの責任を取らなければならないだろう。下手したら、切腹なんてことにもなりかねない。それを思うと、胃がきりきりと痛んだ。

「しっかりね、魚之進さん」

お静が切り火を切って、送り出してくれた。

魚之進は、清水堂や東照宮には行かないことにした。そっちの警護は専門の人たちにまかせればいい。魚之進の専門は食いものなのだ。そして、上さまが楽しみにされているという昼食は、本堂の裏の本坊で出されるのだ。

まっすぐ本堂に来た。

ここも夥《おびただ》しい警護の武士たちがいる。

外には市川たちがいた。

「十貫寺さんは？」

十貫寺の動向は気になる。なにか摑んで、昼食そのものを止めてもらえたらいいのだが。

「あいつは、本坊の周辺をぐるぐる回ると言っていたな」

市川は不満そうに言った。

上さまの到着まではまだ一刻以上ある。

魚之進は、奥の本坊に行き、さらに裏手にある台所のほうに向かった。

「お、来たか」

本田伝八が嬉しそうに手を上げた。

朝から新鮮な野菜などが運び込まれるので、本田は急遽、役目を与えられ、ここで夜通し見張りをしていたのだ。

「なにかおかしなことは？」

魚之進が訊いた。

「ない。そこにあるのが今朝、運び込まれた食材だ」

採れたてのナスやインゲン豆が並んでいる。どれも大ぶりで、きれいなかたちをしている。野菜のなかの美男美女といったところだろう。すでにきれいに洗われ、あとは煮たり焼いたりするばかりである。

「疲れただろう。少し休め」

「なあに。おれは十年分、養生所で休んで来たから平気だ」

いったいどれほど暇な職場なのか。

服部洋蔵が描いた人相書きを出し、坊さんたちの顔も確かめる。いずれも見覚えのある坊さんばかりである。

すでに大釜では湯も沸かされている。大釜は二つあり、ここからすべての料理に使う湯が取られ、水を足すときも、もう一つは必ず煮立っている。

食器の蓋にも気をつけてくれとは、すでに伝えてある。

鬼役の社家権之丞も来ていたので、

「社家さま。湯をお飲みいただけますか？」

と、魚之進は頼んだ。

「そうか。湯もあったか」

ふつふつと煮立っている釜から柄杓《ひしゃく》ですくい、毒見用の茶碗にあけた。色を見つめ、臭いを嗅《か》ぎ、ゆっくりすすって、しばらく口のなかで転がす。

「ん？」

社家が首をかしげた。ドキリとする。

「どうかしましたか？」

「釜、替えたか？」

近くにいた坊主に訊いた。

「あ、替えました。少し錆《さび》があったので、念のため」

「なるほど。錆の味が消えていたのか」

さすがである。やはり、長年の鬼役は、伊達《だて》ではない。

と、そこへ。

「お、月浦」

本坊の廊下から声がかかった。

振り向くと、五十半ばほどのふくよかな笑顔の男がいた。

「中野さま……」

中野石翁だった。今日は来るとは聞いていない。上さまのお出かけには反対だったのではないか。

慌てて這《は》いつくばろうとしたが、

「よいよい。土間に手などつくでない」

「今日は、ごいっしょに？」

「いや。本当はごいっしょする予定ではなかったが、心配で来てしまったのだ」

「そうでしたか」

「どうだ？」

厳しい顔で訊いた。

「心配です」

率直に言った。

「む。だが、そなたがいてくれると、少しは安心だ。精一杯、気をつけてくれ」

中野石翁はうなずき、本坊の奥へもどって行った。

料理の支度が進んでいく。魚之進と本田は、手分けをしてその作業を見つめた。

「東照宮の参拝も終えた。こちらに向かわれているぞ」

と、服部洋蔵がやって来て言った。

いよいよ本坊で昼飯である。

皆、所定の位置についた。

上さまがお席につかれたらしい。同じものを社家権之丞が食べ、異常のないことを確かめると、上さまの元へと運ばれていく。本当は跡をついて行きたい。途中、何者かがすばやく毒を注入するやもしれぬのだ。

だが、魚之進の身分では、そこまではできない。

いよいよ、いちばん怪しいと睨んでいるうなぎの蒲焼きの番になった。

「じっくりお毒見を」

と、社家にも頼んだ。

社家も何度も口のなかで転がすようにする。

「大丈夫だ。なんともない」

「おしんこは？」

わきについた大根や紫蘇の実の漬け物を指差した。

「む。これも大丈夫だ」

「ふう」

魚之進は思わずため息を洩《も》らす。蓋も洗った。あとはそれほど心配なものはない。

うなぎの皿が運ばれていく。上さまも、あれには驚き、感心するだろう。

だが、おいしくするのに、北大路魯明庵は、どんなことを忠告したのだろう。坊さんに訊いたところでは、いままで作っていたやり方と、とくに変わりないということだった。

——それって、おかしくないか。

なにか気になりだした。うなぎを食うとき、いつもやること。

「あ」

ふと、思いついた。

「なんだ、月浦？」

「社家さま。うなぎには、山椒《さんしょう》をかけて食べますよね？　上さまは？」

「上さまは大好きで、たっぷりかけて召し上がるらしいな」

「毒見は？」

「しておらぬ。ここにはなかったぞ」

「なぜ、ないのです？」

「わからぬ」

慌てて周囲を見回した。

わきの棚に壺《つぼ》があり、山盛りの山椒があった。

「これだ」

と、社家が言った。

「毒見を」

社家はせかされて盃に一杯分ほど口に入れた。

「むふっ」

「嚙んで、飲んで、早く、早く」

魚之進はようすを見守った。

「大丈夫だ」

社家は安心のあまり腰を抜かした。

だが、魚之進は顔をしかめ、

「いや、大丈夫ではありません。壺からはみ出ていたではないですか。入れ物が違ったのです。別のものが入って、上さまのもとにあるはずです」

「なんと」

社家はすっかり動揺して、腰が抜けたままである。

八

「大変だ！」

魚之進は、台所から本坊に駆け上がった。

「曲者《くせもの》！」

武士二人が立ちはだかった。屈強の武士で、一人はすばやく、魚之進の腕を取り、もう一人は刀の柄を押さえた。

「違います。町方の者です」

「町方の者など通れぬわ」

「上さまの一大事です」

できるだけ大きな声で言った。

「なに」

この騒ぎに服部洋蔵も駆け寄って来た。

「どうしました、月浦さん？」

「毒見から洩れているものがわかったのです」

「洩れている？」

「山椒です。山椒に毒が入っているやもしれません。それをかけて召し上がらないよう、おことづけを」

「わかりました」

だが、服部も社家も上さまのそばには行けない。廊下の向こうでまた足止めを食らうのが見えた。

そこへ、中野石翁が奥から現われた。魚之進がいるところからは、二十間も向こうである。

「中野さま。上さまに山椒をおかけにならないように！」

魚之進が叫んだ。

「わかった」

中野は奥へ転びそうになりながらも、走り込んで行った。

息詰まるような時が流れる。奥からは騒ぐような声は聞こえない。だが、間に合ったのかどうかは、見なければ確かめようがない。

しばらくして、中野石翁がやって来た。

「間に合いましたか？」

「む。これが上さまの前にあったものだ」

中野石翁は持ってきたものを見せた。小さな塗りの箱である。

「毒見役はおるか？」

中野が声を上げた。

「は」

腰を抜かしていた社家が這うように近づいて来た。社家が毒見をさせられるのだ。

「いや、その前に」

と、魚之進は庭に下り、池のなかに柄杓を入れ、金魚を手桶《ておけ》にすくって入れた。

これに、上さまのもとにあった山椒を入れてみる。

「なるほど。それはいい」

皆、金魚を見つめる。

すぐに動きがおかしくなった。

口をぱくぱくさせたかと思うと、腹を上にして動かなくなった。

「やっぱり」

魚之進は中野を見た。

「なんということだ」

中野も愕然《がくぜん》としている。社家は涙目である。

「昼食は中止にしてもらいますか？」

魚之進が訊いた。

「いや、騒ぎは大きくせぬほうがよい。ほかは大丈夫だろうな」

「いや、その」

社家は自信がなくなったらしい。

「大丈夫です」

魚之進がうなずいた。ほかは、すべて完璧に調べてある。

「よし。上さまにはわしが、あとでさりげなくお伝えしておく。いままで話してお
かなかったことも、ある程度は打ち明けねばなるまい」

「御意」

中野は本坊の奥へもどった。

それからまもなく、中野がやって来て、

「上さまのお食事は終わった。満足げでいらっしゃった」

と、告げた。

あやうく、上さまの危機は免れたのだった。

九

大勢の武士たちがいっせいに引き上げて行く。いったい何人がここに来ていたのかと、驚くほどである。皆、安堵《あんど》の表情を浮かべている。やはり、なにがしかの噂は出回っていたのかもしれない。

本堂の外に来ると、市川一角がいた。

「十貫寺さんは？」

と、魚之進は訊いた。

「いや、見ておらぬ。あいつ、ちと、勝手に動き過ぎだな。奉行所にもどったら、叱っておいたほうがいいな」

市川は言った。

十貫寺はなにをしていたのか。ずいぶん北大路魯明庵の動きを摑んでいるようなことを言っていたが、あのとき魚之進が山椒に気づかなかったら、いまごろはとんでもないことになっていたではないか。

しかも、いなくなっている。

――おかしい。

魚之進は本坊のほうへもどることにした。本田はかなり疲れたらしく、先に帰ってしまっている。魚之進は一人で、人が少なくなった本坊の台所へもどった。台所のあたりから、さらに裏へ入って行くことができる。こちらにはまだ行ったことはない。上さまが立ち去ったので、警護の者もいない。

木立があり、植え込みに覆われた一角もある。この先は、中庭につづき、そこは本坊の客間からも見渡せる庭なのではないか。もちろん、その庭にも警護の者はいたはずである。

途中、渡り廊下が見えた。

――あんなところに。

そこは、台所からお膳を運んで行く途中になるはずである。あのあたりに潜んで、お膳になにか入れることもできたのではないか。そう思うと、いまさらながらゾッとしてしまう。やはり、完璧な警護というのは難しいのだ。

――ん？

なにか聞こえた。

周囲を見回す。大きな椿《つばき》の木の下、つつじの植え込みの陰で、かすかに呻《うめ》き声がする。犬の声かもしれない。

「そこに誰かいるのですか？」

魚之進は声をかけ、ゆっくり近づく。刀に手をかけている。

足が見えた。上向きである。潜んでいるのではない。倒れているのだ。

魚之進はゆっくり回り込む。

やはり誰か倒れていた。

顔は上を向いていた。苦悶《くもん》していても、端正な顔。

――嘘だろう。

十貫寺隼人だった。

「十貫寺さん！」

わきに跪いた。

「魚之進か。騒ぐな」

「いま、医者を」

「医者なんかここらにいねえよ。それより、おれの話を聞け」

十貫寺は胸から血を流している。この人にはいちばん似合わない姿。想像もできない。あり得ない姿。だが、頭のなかで兄・波之進の死に際と重なり合う。

袂《たもと》をちぎって、十貫寺の胸に当てる。これで血が止まってくれたらいい。

「話とは？」

魚之進は訊いた。

「上さまは無事だったか？」

「ええ。山椒に毒が仕掛けてありました」

「そうだろうな。お前が見破ったのか？」

「なんとか間に合いました」

「よくやった。だが、安心するな。それは第一弾だ」

「え？」

「次の手があるんだ。あいつはもっと恐ろしいことを考えていた」

「なんですって？」

「うっ」

十貫寺の顔が急に真っ青になった。目がとろりとした。

「しっかりしてください」

「ああ。こんな傷じゃ死なないはずなんだ」

「ええ」

「波之進の嫁の実家……」

「え？」

こんなときになにを言い出したのか。

「なんといったかな？」

「大粒屋です」

「そこは誰かに恨まれてるか？」

「恨んでいるやつはいるみたいです」

「そいつだよ。魯明庵とくっついたのは」

「なんですって？」

なんのことだかわからない。頭のなかが混乱する。なぜ、大粒屋の脅迫と魯明庵が関わり合うのか。

「魯明庵の手下がうろついていなかったか？」

「あ……」

そういえば、いるはずのない岡っ引きがいたというようなことを言っていたような気がする。

「波之進の最後の言葉はなんだっけ？」

「美味の傍《そば》には悪がある」

「なるほど。だが、それは違うな」

「違う？」

「美そのものが悪……」

そう言って、十貫寺の首ががくりと力をなくした。

魚之進は、いま、見ていることが信じられない。

本書は、講談社文庫のために書き下ろされました。

|著者| 風野真知雄　1951年生まれ。'93年「黒牛と妖怪」で第17回歴史文学賞を受賞してデビュー。主な著書には、「隠密 味見方同心」(講談社文庫・全9巻)、「わるじい慈剣帖」(双葉文庫)、「姫は、三十一」(角川文庫)、「大名やくざ」(幻冬舎時代小説文庫)、「占い同心 鬼堂民斎」(祥伝社文庫) などの文庫書下ろしシリーズのほか、単行本に『卜伝飄々』(文藝春秋) などがある。「耳袋秘帖」シリーズ (文春文庫) で第4回歴史時代作家クラブシリーズ賞を、『沙羅沙羅越え』(KADOKAWA) で第21回中山義秀文学賞を受賞した。「妻は、くノ一」(角川文庫) シリーズは市川染五郎の主演でテレビドラマ化された。本作は味見方同心新シリーズ、「潜入 味見方同心」第4作。

潜入《せんにゅう》 味《あじ》見《み》方同心《かたどうしん》㈣ 謎《なぞ》の伊賀《いが》忍者料理《にんじゃりょうり》

風野《かぜの》真《ま》知《ち》雄《お》

講談社文庫
定価はカバーに
表示してあります

2022年4月15日第1刷発行

KODANSHA

発行者——鈴木章一
発行所——株式会社　講談社
東京都文京区音羽2-12-21　〒112-8001
電話 出版 (03) 5395-3510
販売 (03) 5395-5817
業務 (03) 5395-3615

Printed in Japan

デザイン—菊地信義
本文データ制作—講談社デジタル製作
印刷———大日本印刷株式会社
製本———大日本印刷株式会社

ISBN978-4-06-527342-5

講談社文庫刊行の辞

二十一世紀の到来を目睫に望みながら、われわれはいま、人類史上かつて例を見ない巨大な転換期をむかえようとしている。

世界も、日本も、激動の予兆に対する期待とおののきを内に蔵して、未知の時代に歩み入ろうとしている。このときにあたり、創業の人野間清治の「ナショナル・エデュケイター」への志を現代に甦らせようと意図して、われわれはここに古今の文芸作品はいうまでもなく、ひろく人文・社会・自然の諸科学から東西の名著を網羅する、新しい綜合文庫の発刊を決意した。

激動の転換期はまた断絶の時代である。われわれは戦後二十五年間の出版文化のありかたへの深い反省をこめて、この断絶の時代にあえて人間的な持続を求めようとする。いたずらに浮薄な商業主義のあだ花を追い求めることなく、長期にわたって良書に生命をあたえようとつとめるところにしか、今後の出版文化の真の繁栄はあり得ないと信じるからである。

同時にわれわれはこの綜合文庫の刊行を通じて、人文・社会・自然の諸科学が、結局人間の学にほかならないことを立証しようと願っている。かつて知識とは、「汝自身を知る」ことにつきていた。現代社会の瑣末な情報の氾濫のなかから、力強い知識の源泉を掘り起し、技術文明のただなかに、生きた人間の姿を復活させること。それこそわれわれの切なる希求である。

われわれは権威に盲従せず、俗流に媚びることなく、渾然一体となって日本の「草の根」をかたちづくる若く新しい世代の人々に、心をこめてこの新しい綜合文庫をおくり届けたい。それは知識の泉であるとともに感受性のふるさとであり、もっとも有機的に組織され、社会に開かれた万人のための大学をめざしている。大方の支援と協力を衷心より切望してやまない。

一九七一年七月

野間省一

講談社文庫 最新刊

輪渡颯介 『髪追い』〈古道具屋 皆塵堂〉
酔った茂蔵《しげぞう》が開けてしまった祠《ほこら》の箱には、この世に怨みを残す女の長い髪が入っていた。

佐々木裕一 『黄《よ》泉《み》の女』〈公家武者信平《のぶひら》ことはじめ(八)〉
獄門の刑に処された女盗賊の首が消えた!? 実在した公家武者の冒険譚、その第八弾!

岸見一郎 『哲学人生問答』
人生について切実な41の質問に『嫌われる勇気』の哲学者が明確な答えを出す。導きの書。

大倉崇裕 『アロワナを愛した容疑者』〈警視庁いきもの係〉
10年前に海外で盗まれたアロワナが殺人現場で見つかった!? 痛快アニマル・ミステリー最新刊!

与那原恵 『わたぶんぶん』〈わたしの「料理沖縄物語」〉
おなかいっぱい(わたぶんぶん)心もいっぱい。食べものが呼びおこす懐かしい思い出。

日本推理作家協会 編 『2019 ザ・ベストミステリーズ』
選び抜かれた面白さ。「学校は死の匂い」をはじめ、9つの短編ミステリーを一気読み!

講談社タイガ

森博嗣 『リアルの私はどこにいる?』〈Where Am I on the Real Side?〉
ヴァーチャルで過ごしている間に、リアルに置いてきたクラーラの肉体《ボディ》が、行方不明に。

小島環 『唐国《からくに》の検屍《けんし》乙女《おとめ》』
引きこもりの少女と皆から疎《うと》まれる破天荒な少年がバディに。検屍を通して事件を暴く!

なみあと 『占い師オリハシの嘘』
超常現象《オカルト》の正体、占いましょう。占い師の姉に代わり、推理力抜群の奏《かなで》が依頼の謎を解く!